みよみよのハチャメチャアイドル物語

溝口 いくえ
Ikue Mizoguchi

文芸社

プロローグ

　自分を信じて

　私も完璧な人間ではないので……
　時々　怒ったり悲しくて
　泣きそうになることだって
　あります！
　挫けそうで　気持ちが
　弱ったりすることも
　あるけれど……

　大切な人を守りたい
　守ってもらうばかりでは
　ダメだよってことを
　最近　すごく思います
　何かうまく　言えないけれど……
　大切な人を守るために
　困難を乗り越えようと
　するなら……

　迷わず　自分を信じて
　行動しようという気持ちが

自分の知らない力を
意外な自分の性格を
引き寄せることで
不可能も可能に変わる

そんな奇跡もあるんだよ

目　次

プロローグ ……………………………………… 3

1章　美代子の事情 ……………………………… 6

2章　パパの事情 ………………………………… 23

3章　みよじの危機 ……………………………… 38

4章　現実の中、夢の中 ………………………… 57

5章　鏡夜との夜 ………………………………… 73

6章　いたぶられて ……………………………… 95

7章　新たな展開 ………………………………… 111

8章　静かな幸せ ………………………………… 129

あとがき ………………………………………… 142

1章　美代子の事情

美代子のこれまで

　アタシは鈴木美代子と申します。
　25歳、埼玉県に住んでるおんなのこ。
　お仕事は接客業なのよ。ソープランドで働いています。
　実はね、お店で指名ナンバーワンなのよね。
　もともと、みよは精神的な障害があって長い時間人と接することが無理みたい。
　もともとドイツに住んでいたこともあってか、語学が堪能で、文化もオープンな感じで。
　日本の大学はわりとアッサリ受かり、成績も上位で卒業したわ。
　子供の頃から外交官になることが夢だったのよ。

　でも、発作が悪化するようになったし。
　みよは精神疾患を抱えているけれど、深夜になると症状がわりと安定するの。

　東京に出てきてから夜のお仕事に慣れて。
　みよは短時間しか接客しないから発作も出ない。

その間ついたお客様とは、社会情勢なんかについて話すことが多いわ。
　みよちゃんて若いのに政治に詳しいんだねとたいていのお客様は満足してくれるわ。
　みよはどうも、同世代よりオジサマ世代の男性のほうが合うようね。

　近ごろは体調を崩しておりましたが、本日は出勤いたします。あまり休みがちになると評判が落ちますので。
　そして昨日の久々の出勤は指名が重なりましたが、みよはいつも社長にベタ褒めされてる。
　こんな不況時代に本指名で埋められる子は貴重だってね。

　みよは、このお仕事が好きなだけよね。もちろん努力もするわ。
　お客様一人一人の名前はニックネームでも必ず聞き出します。
　お名前で呼ばれたほうが嬉しいですものね。
　お客様の好きなお話や、お気持ちに添わせていただきますわね。
　みよが得意なお話もありますが、全てに知識あるとも限りませんので。
　でも次回まで、必ず予習復習は欠かさないですわね。

毎回、ノートにチェック重ねています。

　お客様一人一人の感度についてもきちんと把握いたします。
　お客様はマットサービスもお好きな方が５割くらいです。
　なので、さまざまなバリエーションの研究をいたします。
　みよを指名していただいたからには、後悔させない時間を必ず提供いたします。

　だけれど、お帰りまでには現実に戻して差し上げます。
　また疑似空間が欲しくなるまでの期間を持っていただくために。
　きちんと現実で生活に支障をきたさないようにいたします。

　お客様は、ちょっとした良い変化には嬉しく思ってくださるの。
　衣装が違う。新しいのもカワイイ。メイク、ヘアアレンジ変えたねとかね。

でもね。
社長、褒めすぎですよ。
みよは、お勉強が昔から大好きなだけ。
だって、大好きなパパの子ですから。

「みよみよ、昨日はありがとう！
　みよみよの悩み、じっくり聞いてやりたい。
　お客様のみよみよじさんとの交際は特別に許可を与えようとも思っている。
　社長側としても全面協力するからね」

「社長〜〜。
　何から何まで、本当に恩に着ますわ。
　みよのメンタルに関しても理解いただきありがとうございます。
　今度ゆっくりお話聞いていただきたいです」

　アタシは現在、恋している憧れの男性がおります。
　名前はみよじ様と申します。
　彼と初めてお会いしたのはお店なの。
　またあの方に会いたいわ。
　あの方は唯一、仕事の副作用を流してくれた。

　みよじ様とのエピソードを語るわ。
　彼はね、アタシをご指名してくれたのよん。
　彼はバイクに乗って、黒と赤のライダースーツが、それはそれは眩しすぎて。
　キャー。仮面ライダー様そのものでした。

アタシの名前がみよこで、彼の名前がみよじ。みよみよ。一気に意気投合したわ。
　離れられないぐらい濃厚なキスを交わし、それはそれは。これ以上にないくらい濃厚な時間だったわ。
　アタシは結局頭の中が真っ白になって失神してしまったのよ。

　あれから彼は３回ぐらいだったかしら？　指名で来てくれたわ。
　みよは、彼に惚れてしまってね。もうお客さんじゃイヤって。アタシはあなたの奥さんになりたいって伝えたのよ。
　そしたらね、彼は妻を亡くしたところらしくね。もう少し待ってと言ったわ。そして、必ずまたお前の元へ戻ってくると言って。
　彼の姿は眩しすぎて、目が霞んできてしまった。
　それから、みよじ様を待ち、恋い焦がれる日々が続きますわ。

メンタルクリニック

　今日は、メンタルクリニックに行く日でしたぁ。
　どうやら最近、躁鬱の気があるんだって。女性ホルモン

のバランスが何だとかって。軽くカウンセリングも受けたわ。

彼氏とケンカ中でエッチがご無沙汰なのが辛いって話したわ。

でも、好きじゃない異性とは幸福感は何にも得られないよね？

彼氏？　アタシにはもともとバンドマンの彼氏がいるわ。その話は別で触れることにする。

彼氏もアタシもドSだから、ついついケンカが絶えないのよ。

でもアタシは身体だけはドMのようでね、彼氏についつい捧げちゃう。

みよじ様もドSだったな。
でも彼は優しさも伴ってた。
みよじ様は何歳くらいだったかな？
きっと40歳くらいの大人の男性って感じだったかしら？
でも、みよじ様、淋しそうだった。みよは、支えたくなった。

みよじ様も、何か精神的な病を抱えているみたい。
みよと種類は違うみたいだけど、分かち合える気がした。
みよじ様を幸せにしてあげたい。そう感じたのよね。

こんな風に感じたの、初めてなのよ。

みよはいつも、ひとりぼっちで生きてきた。
パパの仕事が外資系で転勤族で。
兄弟もいない。
母親は早くに亡くなってしまった。
みよは、勉強が得意だったのと、容姿が気に入られやすくって、キャンギャルのバイトをしていたの。学費は自分で賄っていた。

みよじ様もなんか、みよと同じ孤独を持った人に感じたのよね。

発作

やだわ。今夜はいつになく発作が辛い……。
ただ辛いだけじゃないのよね。メンタルまで不安定で見境なくなる。
みよじ様に抱いて欲しいよ。
みよは、こういうメンタル障害を抱えてます。

お店の社長にドラッグ勧められたことがありました。気が楽になると。
でも、みよは手を出しません。

でも、時々、メンタルがどうにもこうにも言うことをきかなくって、自分じゃなくなりたい、壊れてしまいたいっていう願望を強く抱きます。

　独りの夜は怖い。
　眠れない時は、安定剤と眠剤を飲むんだけど最近、効きが弱くなってきたわ。

　叶わない願いだろうけど……。
　みよじ様がもしもアタシの旦那さんになってくれたなら、アタシは毎日美味しい料理を作り、あったかいお風呂を沸かし、行き届いた掃除をし、笑顔いっぱいで貴方と暮らすわ。
　貴方のそばにいられたら、持病も治るかしら？
　こんなに、誰かを真剣に愛したのは初めてで辛いわ……。

　結婚したいと思えた異性に出会えたなんて。

鏡夜とみよじ様

　朝起きて、さっき、熱を測ったら40℃もある。グッタリしているので病院に行く気もならない。結局、午後から彼氏が来てくれて、それからお泊まりです。

アタシにはバンドマンの彼氏がいます。
　彼が作ってくれたお粥は美味しかったわ。絶対味覚があるようね。
「大丈夫か？」
「あんまりムリすんなよ」
　と彼なりの気遣い。
　あんまり近付くと風邪うつるわと急かしても、ふいのキス魔よ。テクニシャンなのよね。

　もともとみよは、追っかけ（バンギャ）をやっていた時期もあるのよ。
　髪の色もすごくハデハデでメイクもきついやつ（笑）。
　でねでねっ、いつもハイテンションアゲアゲだったのよ。

　ひょんなところから、楽器を弾くことになってね。
　ベースやらせてもらえたのよね。
　彼氏はいつもバンドのことばかり考えてる夢追い人。
　周りからは「美男美女お似合いカップル〜〜」なぁんてスクープされたりなんだり!?

　けどね、彼は俺様主義でアタシは女王様気質でしょ？
　ケンカ絶えなくって。
　けどエッチになると感じさせてくれる。ズルーい男。

彼とはもう4年の付き合いよ。
ズルズル来ちゃったパターンね。
バンド売れないのもわかりきっているのに辞めてくれない。
結婚なんか考えていないわ。

彼とはいろいろ話しましたが、今日は妙に優しかった。

みよは昔から容姿に不自由して来なかったのでイケメンが寄り付いたわね。
彼は三浦翔平くんによく似ているわ。
今の髪型も似ていて金髪アッシュよ。

この間までは大ゲンカでした。

彼は酒にだらしなくってね、そのたび罵声を浴びせてくる。
要は酒乱よ。
みよも絡んじゃって。

たとえば彼氏とエッチしていて、もうその彼としたくなくなっちゃった時に友達に戻れるか？が複雑よね。
戻れなかったら切るしかない。

正直最近、彼氏とのエッチが満たされないどころか、みよじ様で頭がいっぱいなのよ★
　みよじ様とのセックスはね、彼は初めからみよの感じる部分をね、全て知り得ていたのよ。
　それだから失神してしまった。
　キス１つにしてもね、味わったことのない幸福感よ。
　快楽というより幸福感ね。
　手を繋いでくれて、かけてくれた言葉も嬉しかったわ。

みよじ様……。
貴方は一体何者なのかしら？
仮面を脱いだその素顔を見せてくださいな？
　あぁ、みよは、みよじ様を考えるだけでね、全身がほてるのよ。
　電流が走る感じで。
　あぁ、濡れて濡れて仕方がないわ。
　もう他の異性ではダメね。
　みよじ様しか感じなくなってしまったのよね。
　恋の病？　それとも運命の旦那様??

　正直、みよじ様の素顔って見たことがないのよね。
　いつも仮面を被っていたから。
　唇はふくよかで、目は、カラコンを入れていたからか？

青かったの。
　声は猫なで声でエロい。
　セックスは超一流。
　あれからみよじ様は来てくれないわ。

　彼氏がタバコを吸いにベランダに出たわ。
　今日は病院にもアタシを連れてってくれた。
　寒さと精神的な疲れから来る風邪でしょうとお医者様には言われたわ。
　点滴もしてもらってね、薬を貰って帰ったわ。

　みよじ様は、ラークを吸っていたわ。赤い箱のね。
　彼氏は、こないだまでマルボロメンソールを吸っていたのになぜだかラークよ。
　やだわ。非常に不愉快ね。

　みよは、本当は今すぐにでも彼氏と別れて、みよじ様の妻になりたいのよね。
　でも、みよじ様、最近音沙汰ないし、彼氏はこんな感じにのらりくらり。
　みよ、ちょっと最近孤独感よ。
　しゅん……。

　みよは、お店の中で指名ナンバーワンよ。

だからかしら？　媒体の表紙やグラビアに出ることもしばしば。
　だから、指名していただけたのかしら？

　初めまして、美代子です。そんなアタシに、手を握りながら嬉しそうに「みよじです」と告げてくれたわ。
　彼は少しほろ酔いだったかしら？　口調がリズミカルだったわ。
　なぜだか、彼のペースにはまっていってしまった。

　彼はキスがうまかった。
　でも、それと同じように指先がしなやかで。
　みよが濡れているのを察知した頃、彼はもうマックスで。
　それからは覚えていない。
　しばらく失神していた。それが初めてみよじ様とお会いした日。
　それから1週間しないくらいに、またご指名で来てくれた。
　彼はとてもとても嬉しそうだった。
　まるで婚約した彼女とのデートを噛み締めるかのように。
　彼の好きな話は、数学、哲学、政治。
　みよと見事に話が合うのよね。
　インテリジェンスな彼は、時たま寂しそうで弱い顔を見せる。

奥さんを亡くしたと。

「みよちゃんは、彼氏いる？　ご両親は健在？　親戚や兄弟は？」
　いろいろ聞かれたわ。
　まさか言えなかった。
　父子家庭で兄弟も親戚もいないことを。
　さらに、父がドイツにいることさえも。

　みよちゃん、もし良ければ、君を俺の最愛の妻にできないかな？
　そう告げられた。
　でも、まだ亡き妻のショックが拭えない。
　俺は器用じゃないから。
「みよちゃん、必ず戻ってくる」と言われたわ……。

　彼氏の束縛がウザイ！
「美代子、お前俺のこと嫌いか？　みよじって誰だよ。今すぐ呼び出せ。勝負してやる」
「あ、貴方には関係ないのよ。アタシの太いお客様だから……★」
「嘘つけよ！　この浮気者のメスブタが！　俺のセックスは物足りないのか？　ふざけるな！　今日はずっと抱いてやる！　今すぐ家に行くからな！」

「わかったわよ……」

 ウザイわ、うざいわ。
 気付かないのかしらね？
 もう別れたい。
 みよじ様に会いたい。

「みよみよじがお前の浮気相手だな。探偵使って全て調べ上げてやるからな」

 そうこうしているうちに、本日は、みよじ様からメールをいただきました。

「みよちゃんへ
 俺はみよちゃんが好きだよ。
 キレイだし、話してると笑顔があどけないし。
 正直、俺の妻になって欲しい。
 でも、俺自信がないんだ。
 本当はオッサンだし、不細工だし、はげてるし臭いし……。
 みよちゃんに嫌われるのが怖い。
 でも手放したくない」

「みよじ様。何をおっしゃるのですか。

アタシはありのままの貴方に惚れたんです」

「俺の仮面を取った素顔は見せられない。
　間違いなく嫌われるから。
　それに俺、テクニシャンでも何でもないし。
　経歴もほとんどウソなんだ。
　ついつい、綺麗な女性を前にして浮かれちゃって……」

「何をおっしゃるの。
　みよは、あなたの全てが大好きなのです。
　あなたを待っています。
　怖がらないで……」

「わかった。
　じゃあ、次に来店した時は仮面を取って素顔で行くから。
　それで嫌いになったならば構わないから……」

「何をおっしゃるの。
　あなたが何をされてもみよは全てを受け止めるのですよ」

「みよちゃん……ありがと。
　信じていいのかな？
　だいすきだよ……」

「私も、愛していますわ。
　旦那様」

　今日は急に彼氏が自宅に来て、俺のどこが悪い！って私から離れなくてセックスもいつになく激しい。
　みよじ様のセックスじゃないともう、感じなくなってしまったんだ。
　想いとは裏腹に、来月から彼氏と同棲することになりました。
　彼氏の束縛は異常よね。
　バンド売れてないし。
　普段はアダルトショップの店員よ。深夜勤務の。
　それで、大人のオモチャやマニアックなビデオをたまに持ち帰って、みよに試すのよね。

　はぁ。
　みよじ様のほうが断然いいのに。
　みよじ様、愛していますわ。

2章　パパの事情

パパと社長と

　撮影が終わり、本日は、パパが職場に来てくれ、社長と三者密会です★
　パパは本当に頼もしい。
　今回の彼氏の件もあって、夜道の一人歩きすら心配してくださいました。

　今日はちょうど社長と打ち合わせする予定がありましたので、パパも来てくれ三者密会をいたしましたわ。
　社長はここだけの話、在日の方ですが、どうにもこうにも堅気に見えない強面なオジサマですわ。
　でも、みよはとても仲良しですの。
　とっても優しく物わかりの良い方。

　パパ。今日も一緒に手を繋いで寄り添ってください。
　パパ。だいすき。
　そんな、大好きなパパとのエピソードについて、ママの話も交えてご説明いたします。

パパはドイツに住んでおり、しばらくお会いすることも連絡することもありませんでした。
　ところがある時、急に連絡がありましたの。

パパとママの話

「パパより
　美代子、元気にしてるか？
　がんばれよ。
　お前は遥華の子だ。だから大丈夫だ。
　ドイツより」

「パパ！
　Guten Abend！
　パパ、何でアタシの電話番号を知ったのかしら？
　まだドイツにいるの？
　元気してる？」

「美代子、パパはいつもお前を見ている。
　そしてパパは終生、遥華だけを愛して死ねたら本望だ」

「パパ、また電話ちょうだいね。
　Gute Nacht★」

昨晩、パパから電話がかかってきました。
　パパから電話してきたことは初めてで、話したのは10年近くぶりでした。
　いつもママに未練たらたらで、おっかないイメージしかなかったパパ。
　みよはいつもビクビクしながら過ごした。
　パパと向き合って話せたことも昔からなかったわね。
　そんなパパに初めて胸のうちを明かしたの。
　精神障害を抱えた父親と、病弱体質で末期ガンで亡くなった母親の子として、私は正直、自分はこの先生きていけるのか？って。
　思わず泣いてしまった。

　パパはずっと私を遠くから見ていたそうね。
　でも今まで素直になれなかったと。

　パパは外資系のエリートです。
　でも、これからは日本に戻って仕事をすると言ってくれました。
　来週、日本に帰国？　来日？　パパにとっては来日かな？　するそうです。
　きっと、それからはしばらくパパと暮らすでしょう。
　たくさん向き合えたらと思います。
　それまで、アタシとパパには大きな距離感がありました。

私のパパは、元幹部自衛官と聞いている。
　正直、めちゃくちゃイケメンでドＳなパパである。

　でもね、ここだけの話、パパは在日だという噂をよく聞いたわ。
　北朝鮮人だという噂が一時期流れたのよね。
　パパに確認したら怒鳴られたどころか、殴り倒され、全身アザだらけになったわ。
　それ以来、その話には触れないことにしているし、パパが怖くなってしまい距離を置いていたわね。

　パパの若い頃の写真を見たわ。
　確かに、軍隊に入っていて、司令官のような立ち位置だったり、銃を持った姿もあった。
　パパはアスペルガー症候群の持病を抱えているみたいね。
　みよの顔や性格はパパ似のようね。
　日本人とはかけ離れた気質だとよく言われた。
　でもそれって人種差別じゃないかしら？
　だからね、みよはそれから政治のことや国際問題に興味持ったわ。

　なかなか友達に敬遠されていたというか、自分自身がよくわからずに来たけれど、勉強して１つ１つわかる、そん

なことが喜びに変わった。

　ママの写真は見たことがないのよね。
　みよの親戚も顔が全然似ていないのよ？
　アタシの記憶にはあんまり母が残っていないのよね。
　名前は遥華（はるか）
　パパとはね、再婚のよう。
　再婚した時、子連れのうえ、末期ガンだったのよ。
　実際は婚約しただけで、籍は入れてなかったんじゃないかしら？
　末期ガンの母を、パパは執拗に愛したようね。
　そんな母は子供を身籠った。
　まもなく、自分が死ぬかもしれないという時に。
　そして生まれたのがアタシね。

　母は生前、哲学書を書いていたわ。
　宗教や心理学とは微妙に違うわね。
　人は皆平等って考えが一番心に響いたの。

　そして、母の哲学書の中に、たまたま見つけたのがフリーメーソンよ。
　二元性の法則についてもよく学んだわ。
　だからねアタシ、たとえ犯罪者だろうが死刑囚だろうが偏見の目を持たないのよ。

世のフィクサーと言われた英雄たちも裏返せば死刑囚そのものよ。
　アタシはその書物を熟読した。

　しかし、母との思い出の記憶がないし、母の死後、母の連れ子は親戚が引き取ったそうよ。
　パパはその後、ドイツにアタシを連れて旅立った。
　全てを忘れ去りたかったからかしら？
　でもパパからのDVに耐えられなくなったアタシは日本の大学を受験し、合格して単身日本に移り住んだ。
　北海道にはほとんどいなかったかしらね？

　パパへ
　パパ、昨晩は突然のご連絡ありがとうございます。
　パパからのDVに耐えられなかったみよだけど、やっぱりパパのことは忘れたことがない。

　今夜もまた、パパと通話をしました。
　その時、パパからはいろいろ衝撃的な話を伺いました。
　パパの生まれは北朝鮮だそうです。
　両親は離婚し、また新しい親。その繰り返しで異母兄弟ばかり増えた。
　頼れる兄は軍隊に行き戦死。
　子供の頃から極貧生活で、草や虫を食べるのも当たり前

だったそう。
　そんなパパも軍隊に入り、反骨精神の強いパパは司令官までのし上がったそう。
　目の前で人が撃ち殺されるのも平然として見ていなければならない独裁国家。

　パパは脱北した。船に紛れ込んで。
　なぜかたどり着いたのが北海道。
　そこで、身寄りのない人の施設でママと出会った。
　その時のママは、パパにとって唯一の救いだったそうね。
　しかしパパは日本人として真面目に生きようとたくさんたくさん勉強し、今の難しい会社に勤めているそう。
　ずっと私に隠してきた正体。
　そして持病のアスペルガーとの苦悩に満ちた闘い。
　祖国を捨て日本人として生き、ママを終生愛することを誓ったパパ。

　パパはずっとAPA療法（アメリカ心理学会の独自の療法）を受けているそう。
　私にもこの治療法が最適なことも説明くださいました。
　ありがとうございます。

　やはりパパは世界一偉大です。
　再会が楽しみですわ。

みよ、がんばりますね★

「パパも楽しみだよ。
　一緒にがんばろうな！」

　そしてまた、次のようなエピソードも伺いました。
　パパは幼いみよを連れてドイツに住まいを移しましたが、どうしても放っておけない出来事があったようでした。

　それは、阪神淡路大震災。
　パパはすぐ日本へ旅立ち、自衛隊と共に救助活動に専念しました。
　パパは力持ちなのよ。50kg以上ある重石すら軽々持ち上げられる腕力。
　自衛隊の方たちにも一目置かれ、救助現場の責任者として貢献したそうな。

　そこでヨウジ様とお知り合いになったそうです。
　ヨウジ様もいろいろワケありなお方なようですが、パパとは非常にウマが合うようで、お酒をよく一緒に飲んだりもしたみたい。

　みよ、ぜひヨウジ様ともお会いしたいですわね。
　パパが大親友と呼べるお方ですもの、素敵な方に違いな

いですわね。

　みよ、本当はパパが大好きなのかもしれない。

　早速、ヨウジ様とも連絡を取っているそうです。
「アッチン、日本に戻ってきたらぜひとも盛大にお祝いしよう！
　俺も飲むぞ〜。俺たち酒豪コンビだもんな。
　話し始めたらあっという間に夜が明けちゃうな」
「ヨウちゃん、そうですよ。積もる話ばかりでしょうね。
　祖国日本のために尽力した血と汗と涙の結晶。男同士の熱き闘いでしたから。
　ヨウちゃんが一番、男として熱く語れるね。今から会えるの楽しみですよ！」

　そしてついに、パパが来日する日が訪れました。
　この日を待ちわびたアタシはいつもより早起きをして午前中、成田空港までパパをお迎えに参りました。

　キャー。
　パパ、かっこよすぎて顔が真っ赤になりましたの。
　ジョニー・デップ、オーランド・ブルームを足して２で割ったような、そして抜群の透明感よ。
　髪型は魔裟斗さんのような短髪。一緒にご飯を食べて。

それからママのお墓参り。お花を添えてお水を取り替えて。
　それから靖国神社にもお詣りしました。英霊に敬意をとパパの熱き熱き想いを。

　その後は、パパのタトゥーを見せてもらいましたの。
　腕にね。ママとみよとパパの三人家族の絆を意味するタトゥーみたいですわ。
　みよも同じの、今度入れることに決めたのですよ。

　これからパパと昼食。
　そして浅草方面を回り、スカイツリーに行く予定ですわ。
　みよね、パパとね、腕を組みながら歩いたのよ。それで、スカイツリー。
　ソラマチは人が多いわね。
　そんな人だかりをパパはうまく掻き分けるかのようにさりげなくエスコートよ。
　水族館に行っていろんなお魚を見たり〜
　パパと一緒にね、スタジオで記念撮影も行ったのよ。
　それでねそれでね、スカイツリーも最上階にのぼった時にはドラマチックだったわ。
　感極まった……そんな感じよ。
　パパと過ごしたから？
　全てがこんなに美しく、楽しく、頼もしく。

そして何だか顔が真っ赤でドキドキしてしまいましたの。

　パパと再会したのは、ドイツの学校を卒業して以来。
　もう10年くらい経ったかしら？
　でも、あの時のパパはおっかなくて独裁者そのものっていう感じで。
　まともに向き合ったことすらなかったわ。

　パパの子供で良かった。改めてそう感じた1日でした。

　そして夜は赤坂に向かいました。
　パパと話したことはいっぱいありました。

　家族のお話。
　ママのことを今でも一筋に愛し、再婚の予定も、愛人や彼女を作る予定もないと。
　パパはとても努力家ですわ。
　日本の外資系会社で今後は働くそうです。
　ドイツでも第一線の開発チームに属していたそうで、日本でも機械の開発に取り組むそうです。

　パパは日本を愛しているようです。
　防衛大学校卒や元幹部自衛官と名乗っていたけれど、日本に来てからは今後、予備自衛官としても日本の国防に貢

献していく予定だそう。
　尊敬するわ。

　みよが大学時代講演した論文もお見せしましたわ。
　みよはずっと、自分は左翼女子だと思っておりましたが、祖国日本を愛する気持ちが、右翼左翼を越え、本物の右翼なんだと、今日改めて実感いたしました。
　パパ、ありがとう！

　そしてパパもみよと同じく数学が得意よ。
　マニアックな相対性理論の話なんかでも盛り上がったわ。
　夜は結局、ニュークラブで明かしたのよ。
　閉店になってもベロベロで何か雰囲気的に延長モード。
　いやいや。
　昨晩はここじゃ書けないくらいのお会計になっちゃったわ。
　でも、あやのちゃんの顔に免じてだいぶ安くはしてもらえたケド。
　あやのちゃんは赤坂のニュークラブで働いている仲良しのお友達よ。地域でもトップキャスト。お仕事がんばっているわね。

　パパもアタシも大酒飲みね。

パパって改めてお金持ちセレブなんだなぁって。
　ここだけの話、100万とか200万をキャッシュで払うのよ。
　ゴールドカードも持っているし。
　きっと昨晩のパパは、出費がどうこうじゃなく本当に楽しかったんでしょうね。
　みよは昨日の1日は人生で1番楽しかったわ。
　次の思い出、みよじ様との挙式かしら？　キャー。

　今日は夕方からお仕事いたします。
　だいぶ空いてしまい、ごめんなさい。
　みよは、お騒がせしますがメンタル管理が大事なの。
　お仕事終わってタイミング合えばパパとヨウジ様と合流したいわね。
　ヨウジ様とお会いするのも楽しみですわ。

　みよ、最近わくわく続き。
　こんな楽しいって日々が思えたのは初めてよ。
　家族の絆、仲間ってすごいわ。

　みよ、まだこれから寝まぁす。
　パパと一緒のベッドで手を繋いで寝たわ。
　パパの寝顔ったらカワイイのよ。
　安心してた。

みよにずっと会いたかったんじゃないかな？
　一番、家族の絆を大切に思っているのはパパなのね、きっと。
　これからパパとの生活がとっても楽しみ。

　次の日、パパからこのようなメールをいただきました。

　美代子へ
　久しぶりに会えて感動したのはパパのほうだ。
　実際お前ときちんと話せたのは昨日が初めてだった気がするな。
　パパはずっとずっと、自分の正体がお前に知られることに怯えていた。
　経歴を隠して生きてきたことに負い目を感じていた。
　しかし、カミングアウトしたことが逆に絆を深めることになるとは思ってもみなかった。
　俺は弱い人間だ。
　遥華を失ったことでずっと見えない敵と闘っている。
　心の傷や闇は深い。
　お前を、遥華に重ねているように思える部分もあるよ。
　まぁ、これからじっくりと仲良くしていこうな。
　それにしても昨日は飲みすぎだべ。
　さてと、パパはこれから予備自衛官としての手続きなどで出かけてくるぞ！

国防のため、ファイトだな！
　美代子、これから二人三脚でいろんな問題に取り組んでいこうな★

3章　みよじの危機

鏡夜の企み

　みよじ様とはたびたびメールのやり取りを行いますの。
「拝啓みよじ様
　みよじ様、貴方に出会えてみよは、これ以上ない幸せを噛み締めながら過ごしておりますわ。
　幼い頃から天涯孤独の身で、父からのDV、在日だと馬鹿にされ、ドイツでもなかなか文化に馴染めなかった。
　容姿には恵まれチヤホヤされるも、精神疾患に耐えきれず。
　度重なるてんかん発作で生死をさ迷ったり、躁鬱が続いたり。
　みよは、何度この身を投げようと考えたかしら。
　そんなアタシのストレスの捌け口は、ただ勉強して知識を得ること。勉強でしか不安を拭えなかった。
　彼氏はみんなセックスの相手、美男美女カップルと持て囃されるだけだった。
　毎日が孤独でした。
　貴方に出会うまでは。
　もう、貴方を少したりとも手放したくない。

発作が出そうだわ。
　お願いだからずっとずっと、アタシのそばにいて、そして生涯を添い遂げてください」

「みよちゃんへ
　嬉しいよ。
　明日、仮面を外して店に行くよ。勇気を出して行くから」

　みよはたまに、モデルのお仕事もやってます。
　アダルト系ばっかりじゃないんだ。
　最近、メンタルが辛いから接客から離れたいわ。

　みよ、正直、男性恐怖症なのよ。
　そのわりにセックス依存症なのよ。
　辛いわ。
　セックスがまるでドラッグと同じ作用みたい。
　興奮すると失神する。
　メンタルが落ち着いてる時は、セックスしているか、自慰行為をしているかのどちらか。
　おかしいメンタルね。

　モデルのお仕事は、そんな内面に一切触れないから楽よね。
　みよ、容姿にだけは唯一恵まれて、それは感謝です。

しばらく、お店にもあまり出勤したくない。
別にナンバーワンになりたかったわけじゃない。
ストーカーが怖い。キモオタたちが怖い。
みよじ様以外の男性が全て怖い。
辛い……。

「みよちゃんへ
　本当は今すぐにでも貴女を力一杯抱き締めたい想いでいっぱいです。
　だけれど貴女はそれ以上に、心と身体の病魔と闘っている。
　俺には何となく伝わってきます。
　今すぐに貴女を自分の妻にし、今すぐにでも家族を作りたい。
　貴女と自分の気持ちは同じでしょう。
　しかし今の貴女の幸せを考えると自分がしてあげられることは、ただ見守ることしかできません。
　アッチンパパ、そして彼氏の鏡夜さんに精一杯甘えてください。
　メールはさせてもらいますから。
　貴女が1日も早く快復することを願って」

　パパもみよじ様にメールしてくれた。

「みよじくん、美代子を存分に抱いてやってくれ！　これはパパ公認だ」
「ありがとうございます。
　アッチンパパさん、恩に着ます」

　でも、彼氏はこんなメールを送ってきたわ。
「みよみよじの素顔見たけど、えっらい不細工だったぜ。
　美代子からの幻滅もカウントダウンだな。
　美代子と俺の挙式もな」

　明日は14時〜ラストでお仕事入れました。
　みよじ様にお会いできること今から……。
　みよ、ドキドキが止まらないわ。

「みよちゃんへ
　俺もだよ。
　今夜は眠れるだろうか？
　明日、仕事終わったら会いに行くからね。
　素顔で行くけど、不細工な顔だから。
　嫌われても、それも覚悟で行くからね。
　おやすみなさい」

　ところが、アタシが寝ている間、ネットでは次のようなやり取りがあった様子です。

アタシが気付いたのは、あとのことです。

■1．無題
某占い師m

初めまして、このサイトに偶然たどり着きました。
　透視をしたところ、彼氏さんの心が酷く乱れているご様子です。
　みよじ様には凶が出ております。
　くれぐれも、単独行動はしばらく避けられたほうが良いでしょう。
　わたくしのほうから凶を極力避けられるよう念を送らせていただききますネ。

■2．無題
鏡夜

うっせーんだよ。
インチキ自称占い師。
俺様の計画を邪魔する気か？　あ？
俺は人生をかけ、みよじと対峙する。
バンドも仕事も辞表を出すつもりだよ。

　■3．みよじさんへ

溝口いくえ

私も何かイヤな予感してきたよ。
　今日はしゅーえいさんの家にでも泊まったほうが良いのでは？

■4．無題
みよみよじ

　実は夜だけで無言電話が非通知や公衆電話から百件は来てます。
　こんらんしています。
　とりあえず俺、こんらんすると頭痛するので寝ます。

■5．無題
しゅーえい

今、みよじさんに電話しましたが繋がりません！

■6．無題
某占い師m

　今、みよじさんの自宅内を透視しております。
　ひどく荒らされ、窓ガラスが割れている様子ですね。

みよじさんは……

肝心の部分がハッキリ透視できないので霊視に切り替えます。

ひどく苦しんでいます。

息も荒いようです。

明日、みよじさんの家に訪問するべきでしょう。

できれば朝一で。

■7．無題
しゅーえい

何てことに……。

明日朝一でみよじさんの家に訪問します。

無事を祈ります。

そして、そのような不吉な予感は今朝になり、現実のものとなりました。

目覚めましたら彼氏からの着信が50件よ。

それでメールもバンバン入っていて。

写メも撮られていた。

みよじ様は昨晩彼氏に襲撃されたみたいよ。

「みよじは俺がとどめをさす」と題したメッセージよ。

みよじ様宅はめちゃくちゃに荒らされ、みよじ様がぐっ

たりしている写メが送られてきたわ。
　イヤ、何これ悪夢。何？
　みよも混乱してるわ。
　みよじ様の同僚のしゅーえいさんから大体の事情を聞いたところ、次のようにおっしゃったわ。
「遅かったか……。
　今朝がた、みよじさん宅を訪問しました。
　みよじさんは一人暮らしなので事件に誰も気付かなかったようで、通報もなかった様子。
　肝心のみよじさんは、やはりぐったり倒れていました。
　特に出血や外傷は見当たりません。
　もしかするとあまりの恐怖と突然の出来事からパニックになって気絶しただけかもしれませんが定かでない。
　みよじさんは先ほど病院に運ばれました。
　現在みよじさん宅に警察がワンサカです。
　僕も事情聴取されました」

　そのような中、みよじ様からメールをいただきました。
「みよ……ちゃん、ボクはきのう、ふくめんおとこふたりぐみに……
　でんわもこわされました
　きょうはじびょうのほっさがひどいのでびょういんにいきます
　みよちゃんにあい、た　いな

みよちゃ」

　みよも当然のように警察から連絡があり、容疑者の彼女として事情聴取を受けましたわ。
　みよじ様の自宅の散乱状況、具体的な被害をお聞きしました。

　幸い、みよじ様は外的に被害を受けなかったそうです。
　ただ、みよじ様は持病の発作を起こし、心臓にも大きな影響が出てしまい、二次被害のほうが心配ではないかとのことで、今総合病院で精密検査を受けているそうよ。
　最悪、入院に至る。
　みよじ様は拡張型心筋症の可能性があると前々からお医者様に言われていたようで、今悪化の可能性が高いそう。

　みよじ様の会社のパソコンは何者かにハッキングされたようね。
　みよとの関係？
　いろいろ聞かれました。
　みよのお仕事の話はさすがにできませんでしたので、みよはOLをやっていて、取引先で知り合ったと伝えました。
　みよは気が動転しすぎて感情すら失ってしまいました……。

しゅーえいさんはみよじ様の同僚で、同じ部署の編集ライターよ。同期ということもあって信頼できる方。
　しゅーえいさんとは以下のような打ち合わせをいたしました。
「大変でした。あのあと、社内のパソコンが何者かにハッキングされ、警察の捜査も入り大変でした。
　未だに犯人は見つかっていませんが。
　ひとまずハッキングは収まりましたが今後わかりませんね。
　何かの暗号にも思えてしまうよ。
　妻にも了承を得、しばらくうちにみよじさんの身柄を預かろうと。
　僕たちも正直不安ですが、これ以上何も起きぬよう、情報のやり取りはマメに行うつもりです」

　そして、みよじ様から連絡いただきました。
　容態が心配だわ。
「みよちゃん、お久しぶりです。
　やっと集中治療室から出て、でんわも買いました。
　しばらくはしゅーえいの家に泊めてもらいます。
　取り急ぎ報告まで」

洗脳

「みよみよじという糞野郎は俺の洗脳にイチコロさ」

　不吉なことはさらに輪をかけるように続きました。
　みよじ様のご様子が明らかに変貌しています。

「貴殿へ
　ボクは……やはり、あなたとは合わないという気がしてきました。
　あなたもぼくの敵ですよね？
　そうにちがいない。ボクはきょうや様に内情聞きました。
　きょうや様のはなしをこれから……しんじるよ」

　アタシのことを「貴殿」だなんて……。
　さらに、深夜になり、いきなりすごい剣幕で怒鳴り散らした電話をかけてきたの。

「鈴木美代子殿
　俺を愛していると嘘ばっか述べて。
　貴殿のストーカー行為と嘘の妄言には反吐が出る！
　てめーの面見てみろ。ブス！
　その腹よく見せられるなデブ、アバズレ、くそアマ！」

「嫌、みよじ様、どうされましたの？
　ご容態は大丈夫ですか？」

「てめぇ自分のやってる仕事恥ずかしくないのか？　あ？
　よくそんなツラで結婚してだ何だ言えるな？」
　そして続けざまに
「全ては法的権限のある者に証拠資料を提出しているからな。
　当方からの連絡はこれまでといたす。
　二度と連絡するな！
　鏡夜様の怒りを買うだけだ！
　御代三世治」

　こちらの話を一切聞かずに罵声を浴びせてガチャ切りされました。
　アタシを訴えるという内容。
　それにどんな法的根拠がありましょう？
　内容が支離滅裂でしたわ。

　なぜ……？
　あんなに、優しくて、紳士で、かっこよくて、テクニシャンで、お話も楽しく。
　何から何まで完璧だったみよじ様が、みよにこれほどま

で辛辣なお言葉を投げるのは。正直辛いわ。
　このまま、身を投げてしまいたい。

　そんな憔悴し切ったアタシにパパは気付かれた様子です。
　パパのお部屋に参りました。
　そしてそっと、隣に寄り添いましたのよ。
　もうこのまま、壊れてしまいそうでした。

パパの抱擁

「パパ、みよを今晩は抱いてください。
　みよを、娘としてではなく、一人の女性として。
　これ以上にないほど強く激しく。抱いてください。
　アタシを、ママだと思っても思わなくても。
　抱いてください。
　みよ、生きているのが辛いわ。
　パパ。
　たった一人のかけがえのない家族。
　みよじ様。これから人生を共に生きようと心に誓った婚約者。
　なのに？
　パパ、助けてください。
　みよは、見えない大きな敵に怯えています。
　怖い」

パパは何も言わず、泣き崩れたアタシの全身を腕で受け止めて抱擁してくださいました。
　パパの前でアタシは一人の女になる。

　ごめんなさい。怖くて仕方がなかった。
　今までずっと孤独に生きてきた。
　アタシが初めて打ち明けられたのがみよじ様。
　そんな話を初めて気を許せて話せたパパ。
　パパに強く抱いてもらいました。
　パパは本当に寛容な方ですわ。

　ごめんね。
　みよのそばにずっといて。
　二度と離れないで。
　お願いだから明日はどこにも行かないで。
　パパはそんなアタシの叫びを受け入れてくださいましたの。
　明日もみよをずっと抱いていてくださると。

みよじを襲った正体

　そしてヨウジ様もうちにお呼びして、きちんとした打ち合わせをいたします。

この事件はマフィアが充分に絡んだ事件だと聞きました。
　本日、パパとヨウジ様が六本木で飲んだのは、地元のお知り合いに聞き込みも兼ねたそうよ。
　鏡夜に対してアタシは個人的に告訴しようと考えておりますが、ヨウジ様がおっしゃるには、やめておかないと身に危険が及ぶと。

　ヨウジ様は一体何者なのかしら？
　明日、午後から三人で今回の事件、よくよく打ち合わせいたします。

　次の日になりました。
「アッチン！　まもなく家に到着する。
　みよじの様子も調べたよ。
　詳しくは会って説明するが。どうやら自宅にいたほうが良さそうだ。
　俺たちも戦うことになる。
　あまり派手にやらかすとサツに目つけられるから。
　ひっそりやるためにも」

　みよじ様がパパやヨウジ様の動きを察してメールしてきました。
「約束が守れないようだな。

未だに俺の話を出しているな。
今日、貴様の家を襲撃するからな。
お前らみんな袋の中だ!」

あれからすぐにヨウジ様がいらっしゃいました。
キャー。
ヨウジ様はまたパパとは違う種類のかっこよさがありますわ。
熱血漢な日本男児様でいらっしゃいます。
見た目は北村一輝さんを渋くさせた赤井英和さんのような。

今日はすぐに本題に入りましたの。
ヨウジ様もとても頭脳明晰な方。
論点を的確にまとめていましたわ。

今回の発端。
それはアタシの彼氏・鏡夜のXY連合への加入。
鏡夜がXY連合に加入したきっかけは、彼が働いているアダルトショップに出入りしている仲介屋のような人物がね、彼をそそのかしたことから始まったみたいなのよ。
新宿のとあるクラブに誘われて、出入りしているうちに、XY連合の事務所を紹介されたみたい。
一度気を許すと信じこんでしまう鏡夜は、それから積極

的に集会に参加するようになり、マフィアとのパイプができたみたいよ。
そして、香港マフィアとの提携よ。
いろいろ裏の事情のもつれ、利害もあいまって。
鏡夜はそのもつれに巻き込まれてしまい、鉄砲玉のように指図されているようなのよね。
XY連合のもめ事を背負い、香港マフィアからの執拗な揺すり、タカり。
そして、その見返りに自分の要望に協力していただく。
それがみよじ様を抹殺し、周囲全ての人間を不幸に貶めることだと。
ゾッといたしました。

結局、鏡夜は香港マフィアがバックについているということ。
外国人に対しては警察も動きづらい場合もある。

また、現在のみよじ様ですが、自宅を襲撃された際に、「洗脳チップ」を埋め込まれたご様子。
鏡夜は絶対的権威者だという洗脳のようだわ。
どうすればいいの？
この問題はカンタンには解決しないと思いますのよ。

あれから、今度はXY連合と窺える覆面男が私の家を襲

いました。
　しかし、パパとヨウジ様は本当に頼もしい。
　みよを奥の部屋にかくまい、威嚇、圧力、迫力がすごい。
　覆面男はビックリし、恐れて帰って行きました。
　このお二人、本当、敵に回したら怖い。そうとも感じました。
　息がピッタリ合ってる。本当仲良しさんなのですね。

　ヨウジ様は六本木が地元の様子で、（彼の）パパはやはり頼もしいお方なのだと。
　パパを尊敬できる方って素敵ですね。

「パパ、ごめんなさい。だけど昨晩アタシは貴方に抱かれなければこのまま自分の身を投げ打ってしまったかもしれない」
　パパとみよじ様はやはり似ている。
　アタシを無償に愛してくださる、そのお気持ちですわ。

「美代子！
　パパも昨日は泣いてしまった。
　辛い思いをいっぱいさせてきた。
　そして今もそうさせてしまっている。
　これからは何があってもお前を全力で護る。
　敵には、指一本触れさせない。

たとえこの身に何があっても。約束だ。
大好きなお前。
パパがついている。
絶対にみよじさんを取り戻す。
命運を賭して！
愛する日本の国民として！」

　パパの肉体美は、坂口憲二さんのよう。色気に溢れた美しいお姿でした。

　みよのありとあらゆる部分全てにキスしていただきました。
　不安を払拭するためですわ。
　今まで辛かった出来事はいっぱいあったのに、こんなにも辛く苦しく恐れたことはない。幸せを失うのが怖い。

4章　現実の中、夢の中

美代子の気持ち

　あれから、毎日パパとイチャイチャしたりセックスしております。
　別にパパは性欲を満たすためにするわけじゃないの。
　みよに溢れんばかりの愛をふんだんに注いでくれるの。
　そうすると精神的にも充分に落ち着くわ。安堵感と幸福感に包まれる。
　パパに言われた。
「美代子、綺麗になったな」って。ドキドキが止まらなかった。

　パパのセックスは、鏡夜と違って独りよがりではない。
　みよを幸せにしようっていう思いだけの情熱的なものでスマート。
　みよは、10回もイッてしまった。

　みよは、全身が性感帯なだけでなく、この複雑な心もなのよね。
　パパは熟知されているようね。

みよじ様と同じだわ。
　パパとみよじ様はなぜこれほどまでにアタシを理解してくれるの？

　はぁ。今のみよじ様は別人よね。どうすれば……。

「パパもだいすきだよ。
　いろいろ不安だろう。
　何があっても俺から離れるなよ。
　お前を絶対に幸せな方向に導くためにも。
　うん、いくらでも手を繋いでやるよ」

「ヒューヒュー！　ラブラブ〜〜〜」
　ヨウジ様は冷やかされました。

「パパ＆ヨウジ様
　ありがとうございます。お二人のおかげですわ。
　みよね、手を繋ぐのが大好きなの。
　好きな人と手を繋いでね、ベッタリして。
　別れ際にはフレンチキス。
　ベッドの上ではラブラブキス。
　キスさえあれば表現できる。
　みよ、ごめんなさいね。
　最近変におのろけモードね。やだ……」

「いいんだよ。
　そういうお前の本音、素直な気持ちがこれからもどんどん聞きたいぞ」

「パパ
　嬉しい。ありがと（泣）
　またぎゅって抱き締めちゃう」

「美代子
　パパも。お前をぎゅっと抱き締めちゃって離さないぞ」

「きゅん……」

鏡夜の気持ち

「何だ、この男の数値。
　このアッチンなる男、戦闘力が計り知れないぞ。
　俺の範疇ではないな。
　そして推定偏差値82！
　俺様の洗脳にはかからないようだ。チッ。
　場末のジジィのくせしやがって」
　鏡夜は狂ったかのように感情を剥き出しにし、毒を吐き続けました。

その後、みよの友達のいくえが鏡夜とブログの掲示板でやり取りしたそうですわ。
　いくえと知り合ったのは、彼女が出版した本がきっかけよ。初めはあまり性格が合わないかなと思っておりましたが、本を読んで内容にとても共感できて、それから急速に仲良しになりましたの。

「なぜだ！　なぜ俺よりあんなヨボヨボジジィがいい？
　俺様は完璧だぞ？　若いし、美しいし、お前の感じるところを熟知している。
　なぜ俺よりジジィがいい？
　嘘だろ？　美代子！　俺だけの女でいてくれよ！
　世界中の男が憎い。
　お前を常に監視していないと不安になる」

「愛だよ。君には愛が足りない。
　みよちゃんが求めるのは真実の愛。ただそれだけ。
　それだけを貪欲に究極に求める女の子だよ。
　君はテクニックは一流だろうし、みよちゃんを満足させられる。
　でも、愛が足りないから常に束縛してないと不安になる。
　みよちゃんは君じゃ物足りないだろうね」

「愛だと!?　お前いろいろ詳しそうだな。俺様にイイ情報

教えろ」

「君はさ、みよちゃんが欲しいものを与えたことはある？」

「欲しいものだと⁉　ふんっ笑わせるな！
　今さらそのような初歩的な質問を。
　美代子は俺様が欲しいのだ。
　俺様の全てを欲しがっているのだよ」

「違うね。君からは愛を感じられない。
　みよちゃんは安らげない。
　みよじさんはみよちゃんに真実の愛を与えた。
　だから安らげた。
　君、ある意味DT(どうてい)でしょ？
　私の歌でも捧げるよ。
　池袋ノラネコグッチーを一緒に歌って踊ろうよ。さんはい★」

　　池袋ノラネコグッチー

　　私は誇り気高きアウトロー
　　集会なんざ気分で参加よ
　　眠たきゃ寝るのさ　それが人生
　（にゃおん！　にゃおん！　にゃおん！）

池袋ノラネコグッチー

いつものように我が道をゆくのよ
誰にもとおせんぼなんかさせない
恐れるものたちなんて誰もいないよ
(にゃおん！　にゃおん！　にゃおん！)
池袋ノラネコグッチー

ラララ今日も我が道闘いが始まる
真剣勝負、その場で決着つけにゃ意味がない
気分なの！　気分なの。私は全て気分なの！

強さは庇うためにある裏の愛情
確かめて仲間はついてくる
弱いものいじめなんてイヤよ
(にゃおん！　にゃおん！　にゃおん！)
池袋ノラネコグッチー

俺たち気まぐれでまとまりがない
だけどいつだって繋がってる
さぁ勇気を持って戦おう！
(にゃおん！　にゃおん！　にゃおん！)
明日の睡眠のため

ラララ今日も我が道闘いが始まる
　真剣勝負、その場で決着つけにゃ意味がない
　気分なの！　気分なの。私は全て気分なの！

「フン！
　お前なかなか面白いヤツだな。
　また続きが聞いてみたくなった。
　俺はこれから取引に出かけるから。またな」

パパがいなくなってしまう

　そのような形で一連のことがあり、密会を行うまでに至りましたのよ。
　池袋の地下にある秘密の場所での密会。
　ここではどんな情報も一切遮断できる。
　やはり、香港マフィアのルートが拡大したり、ドラッグの売買。
　鏡夜は噛ませ犬になってしまっている。

　鏡夜、前はあんな感じじゃなかった。
　福岡から上京してきて、芸能界の第一線でバンドやろうって！　輝いてた。
　でも現実を知った彼はドラッグに溺れ、躁鬱になり、容姿ばかり気にして刺青を入れるようになったり、美容整形

までした。
　アタシは彼のそんな部分も受け入れていたわ。
　アタシだって、彼に癒された部分はたくさんあり、見て見ぬふりも。
　でも、今はもう。
　アタシの心がみよじ様にあると知った彼はついに、みよじ様にまであんなことを……。
　社長に、マフィアの関係者と密会して今回の問題について交渉していただく。
　そんな運びとなりましたわ。
　パパもとても真剣に聞いてくださいました。
　パパは難しい用語にも対応できるし、中国語も話せます。

　社長、昨晩は真摯な対応ありがとうございました。
　社長はみよを、孫娘のように可愛がってくださいます。
　本日もよろしくお願いいたします。

　パパが深夜3時を回る前に帰宅されました。
　みよは、待ちきれなくて、想いが込み上げて参りまして……。
　そのまま抱き合ってキスして離れなかった。
　やはり少しでもパパと離れていると不安で不安で。
　キスはこれ以上にないほど深く激しいもので。
　パパからも積極的に求めてきました。

パパの鼓動がドクンドクンと、みよの鼓動と重なるたび、もう全身が熱くて熱くて。
　欲しくてたまらない！　そう身体が叫んでおりましたの。

　パパ、疲れているだろうから寝かせてあげたいのですが。
　パパは、毎日みよを抱くことで疲れが癒されるのだと言ってくださいましたの。
　その場で、あぁ、何て熱く逞しい肉棒なのでしょう。
　みよは、失神しそうになりました。
　それからの記憶が曖昧ですの……。

　パパはみよの身体をキレイに洗い流し、そのあとベッドで再度抱き、眠りについたのだと。
　あぁ、毎日愛に満ち溢れる日々ですわね。

　次の日、また、信じられない出来事が起こりましたの（泣）。

「拝啓　メスブタストーカー美代子
　俺に新たなパートナーができた。
　鏡夜様だ。
　俺はもう、女性に興味がなくなった。
　鏡夜様だけに尽くす。
　昨夜は濃厚な一夜を過ごした。

兜合わせをして祝杯をあげた。
　その画像だよ。
　メスブタはジジイの自惚れセックスを存分に楽しむんだな！
　あばよ。
　鏡夜様のフィアンセ　みよじ」

　何よこれ。
　みよじ様
　キャッ
　頭痛がする
　みよじ様……。

　そして、悲しい出来事は追い討ちかけるかのように……。

　パパは外資系の役員です。一流企業。
　東大よりさらに上のハーバード大学とかの中でもトップクラスを相手にするような一流中の一流の中で働いていらっしゃいます。
　今回、しばらく家を空けることに……。

　ドイツに住んでいた頃も１ヶ月泊まり込みなんかも当たり前だったわ。

でもあの頃、口をきかないどころか、顔もロクに合わせなかったから何とも感じなかったわね。
　いないほうが恐怖心から逃げられていた。
　パパはいつもおっかなかった。
　今は、愛に溢れる関係になれた。
　しかし、そうよね。パパの大事な仕事の邪魔をしない。
　しかし、今は一人になりたくない。
　毎日パパのそばにいたい。

　また覆面男に襲われるかもしれない。
　怖くて不安だわ。
　ヨウジ様はご家庭持ちだから、家に一時的に住まわせていただくことは到底無理ですし、奥様に変に誤解されてもかないませんわ。

　パパ、今夜は帰る？
　みよのところへ帰ってくる？
　アタシはパパに必要？
　愛されているの？

　ママの元へ行きたくなることが瞬時にくる時がある。
　パパ、みよは、本当はみよじ様の妻になりたかった。
　今のアタシたちは犬猿の仲というか、嫌がらせを受ける仲。

パパ、みよは、パパに嫌われたくない。
だから、我慢するね。
お仕事いってらっしゃい……。

夢の中で……

昨晩、みよの仕事終わりにすぐパパがお迎えにいらっしゃいました。
パパはポルシェを愛用されております。
みよが浮かない顔をしていること、会う前から気付いていたようで、この日は特にこと細かく気遣っていただけました。
みよはパパと会ってからずっと涙が止まりませんでしたわ。
辛いって。

昔は何の感情すら沸かなかった……違う、きっと押し殺していたのよね。
今は、ずっと一緒にいて、愛に触れていないと無性に怖い……。
パパはみよだけの人じゃないんだって、わかっているだけに涙が止まらなくなった。

パパは口数が少なかったわ。
　ただ、頭を撫でてくれた。
　美代子はどうしたい？
　そう聞かれた。

　アタシは、あなたの愛に触れてはダメ？　そう聞いた。
　パパは無言だった。
　そして笑顔で、みよを安心させようとしてくれた。
　みよをずっとずっと愛撫してくれた。
　身体中だけでなく、心の隅々まで。

　でも昨日は失神する気はなかった。
　パパがどんな想いで、みよに向き合ってくれているか。
それはかりを考えていた。

　みよじ様と向き合いたくなったわ。
　待つ。
　ホントは待ちたくない、待てない。

　パパは全て理解してくれていた。
　きっと、みよがこれからどうなるかも予期していたんだろう。
　それでも、みよはパパに甘えたくて仕方がなくなって、一晩中抱いてもらった。

キスばっかりでした。
　みよはキスが一番好きです。
　みよは、ドMですのよ。
　受け身なんです。
　昨日のパパはやはり、みよのありとあらゆる部分にキスを施してくださいました。
　ずっとずっと抱いてくれていた。パパの心の奥まで通じ合っていたかったの。

　ごめんね、いつも心配と迷惑かけちゃうダメな娘で。
　みよ、ホントは元気が湧かなかったんだ。
　今日からパパとしばらく会えなくなっちゃうのが……。
　みよじ様の問題を一人で抱えなきゃならないことが。

　パパはもうお出かけになりました。
　辛いので本日はお薬を飲んでしばらく眠りにつきます。

　しばらく眠りについたアタシは翌朝、目が覚めましたの。
　ママや、みよじ様が夢に出て来られました。
　ママは、32歳の若さで、この世を去ったそうです。
　人見知りの激しく、親友と呼べる仲間は二人だけ。
　お姉ちゃんも病弱だったそう。

　ラベンダーがキレイに咲いているお庭で白いワンピース

を好んで着て、うつむき加減なママがいた。
　ほんのり茶色がかった、肩より少し短めの髪。
　ママはZARDの坂井泉水さんのような儚げな雰囲気の可愛らしい女性だったようです。

　パパと出会ったのは施設。
　末期ガンだと宣告され、絶望しかなかったママに溢れるばかりの希望を注いだのはパパだけだったそう。
　希望を持つことが生きている証拠なんだと、パパはいつもママを勇気づけていたそう。
　笑わなかったママがパパに心開いてから初めて笑顔を見せたそうね。
　亡くなる前、パパ、ありがとうと、手を取り、そして、赤ちゃんを幸せにしてね……そう言い残し息を引き取ったのだと。

　みよは、ママと会ったことはない。それなのになぜ昨日はあんな鮮明に夢に映られたのかしら？
　ママ、みよはまだ大丈夫？
　辛くて辛くて……。
　ママもついているものね。
　そうよね。
　ママ、ありがとう。

そしてまた、みよじ様の夢を見ましたの。
　赤と黒の２トーンのライダースーツを着て、バイクを走らせて「美代子、迎えに来たぞ」って。
　強引にアタシを後ろに乗せたわ。
　そしてしばらく走らせ、家に着くとね。
　そのまま押し倒されて、そのままセックスよ。
　抜かなくて１時間くらいかしら……繋がっておりました。

　美代子、本当はお前を最愛の妻にしたい。
　そう強く強くおっしゃいました。
　そのまま愛に包まれるシーンで終わりました。

　みよじ様……あなたが欲しいわ。
　もっとアタシを抱いて欲しいの。

　鏡夜のほうがいいの？

5章　鏡夜との夜

狂気のプレイ

　そんなに欲求不満なら、俺様がいくらでも相手してやるよ。淫乱女！

　あぁ、身体は言うこと聞かない。
　本日、鏡夜が自宅に来ることになりましたの。
　本日はビデオ撮影や写真撮影までやるのだと。

　合鍵を持つ鏡夜は、無理やり家に上がり込んで、すぐにアタシを押し倒してきました。
「美代子！　今すぐお前を抱く！」
　鏡夜のプレイはノーマルではなく、強姦者と言えばそう見えなくもない。
　それでも、アタシもそれを受容して成立してはおりました。

　しかし、今日はいつもと何かが違う。
「や、やめてよ。身動き取れない。キャッ」
　血が止まるほど強引に両手首を押さえ付けて、アタシの

皮膚に噛み付いてきますの。

　キスマークを、全身だけでなく顔にも含め、30ヶ所以上つけてきましたの。

　本日の彼は特に異常だわ。

　狂気の沙汰ね。

　完全に物悲しくなり泣いている私に対し、その後、縄で縛りつけ、完全に無抵抗な状態にさせ、ビデオを局部に近付けては、ありとあらゆる辱めを受けました。

　それでも、みよの身体は大喜びだった様子で、お潮がすごいことすごいこと。

　何度失神しても、いたぶられ目覚める。

　みよを独占したい、支配したい、束縛したい、できれば殺したい、ペットにして常に監視していたい。

　彼はドラッグをやりましたの。

　汗だくで凄かった。

　肉棒も初めからマックスなのよ。

「美代子、一緒に死のう」

　そこまで言われた。

　怖い。

　でも彼から逃げられない。

アタシの身体が喜んでいる。
　心はぐちゃぐちゃよ。

　みよじ様、
　パパ、
　助けて……。

　鏡夜は異常なくらいドＳでね、独占欲、支配欲が並外れている。
　モデルコンテストで優勝しただけあってルックスは抜群ですが、自分の興味がない対象物には一切スルーね。

　鏡夜はホモではありません。
　しかし、てなずけることは、彼にとっては容易いのでしょうね。
　そういった人たちを自分のペットとしか思えない。
　そして、ペット同士のセックスを傍観するのがまた快感。
　そんな彼が唯一惚れた相手がアタシみたいね。

『最高峰の美女と、最高峰のセックス』
　彼にはそんな概念が勝手にある。
　アタシはドＭなので、彼にピッタリのようです。
　でもアタシは、みよじ様と出会ってから鏡夜のマヤカシに気付き始めましたの。

それは幸せではないことに。

みよじ様もパパもセックスはドＳ。
でも、彼らには優しさや愛情がある。
それが鏡夜との決定的違いよ！

鏡夜とのエッチでアタシは半日で最高20回イッたことがあります。
彼も12回。
アタシたち、身体の相性だけは並外れているようで怖いですわ★

立ち直りたい……。
みよじ様は鏡夜の奴隷にされているだけだと気付かせるためにも。

アタシはまだまだダメな女ね……。

一通り弄び、一息ついた彼は、タバコを吸いながらパパが帰るまで同棲したいと主張してきました。
こんな身体になって、仕事も行けなくなってしまった。
本日は仕方がない。
みよにも責任がある。
でも、明日からはもう少し冷静に考えられるようにしよ

う。
　これから鏡夜のために料理を作りますわ。

　昨日会った鏡夜は、前より痩せていて、刺青も増えていました。
　彼の本当の職業？　ココでは書けません。
　でも、例の物の取引、運び屋をさせられている様子です。
　少し前までの彼はそんなんじゃなかった。

鏡夜の事情

　でもね、昨日はいっぱい話したのよ。
　いつも話さなかった身の上話なんかをしてくれたわね。
　きっと彼は、パパやみよじ様に、アタシといる幸せを奪われるのがイヤだったのだと思いましたわ。
　みよもそう考えると、みよじ様と出会う前はひとりぼっちが当たり前だった。

　昨晩、お風呂から出て、しばらくして一緒のベッドに入った。
　また身体を求められるだろうと思っていたアタシに、彼らしくない。
　涙ぐんだのよ。
　そして身の上話をしてきたわ。

アタシが彼から聞いてる話は、福岡からプロのバンドマンを夢見て上京してきたという過去しかない。
　彼はもともと、施設で育ったそうよ。
　お父さんもお母さんも知らない。
　親戚もいない。
　里親になる人も現れず、誰にも引き取られない身寄りのない子供たちを抱える施設でずっとずっと貧しく育った。
　彼は頑なに心を閉ざしていた。
　まるでどこか遠くを見る目線で世の中に復讐心を燃やしているかのように。
　表情はなかった。

　そんな彼を少し遠くから見ていた兄貴分がいた。
　同じく施設の子だった。
　兄貴分が音楽を始めて、施設を巣立って行こうとした時に、彼にも音楽を勧めた。
　音楽をやれば幸せや愛に恵まれると。
　彼は初めて、関心を持つ分野に出会った。
　どうせやるからにはプロを目指さなきゃ。
　彼にはそういった野心が湧いたようね。

　バイトをして初めて買ったベース。
　兄貴分と共に上京を図りました。
　ところが、兄貴はドラッグに溺れ……自殺しました。

鏡夜は、兄貴の死の意味がわからず、狂わんばかりだったそうですが、バンドの道を諦めることは、人生を否定することだと無我夢中でがんばったそう。
　ライブにも出て、少数だろうがそこに来てくれたファンを大切にし、苦手な笑顔を絶やさなかった。

　ある時、対バンをした。
　その時の相手グループにアタシがおりましたの。
　アタシも少しでしたがベースをやらせていただいてましたわ。
　彼氏はアタシに一目惚れしたようでね。
　猛アタックされましたわ。
　そして、周りの目を盗んでの密会。
　アタシはもともと、ヘルプのような形でバンドに加わっていただけで、すぐに脱退いたしましたわ。

　それから、彼とは約４年間、ズルズル来てしまったわね。

　アタシは昔から、美人、綺麗だと言われ続けてきました。
　ゆえに、容姿に不自由したことは一度もありませんわ。
　しかし、自分を特に美しいと思うことも、醜いと感じることなく、容姿に比重は置かないの。
　ただ、周囲からしたら、美人にはイケメンがお似合いだと、アタシにはイケメンばかりがくっつきました。

アタシが欲しいのは真実の愛です。

　昨晩は鏡夜にそこまでは言えなかった。
　彼はとても苦しんでいたし、過去を打ち明けてくれただけでも、彼の中で大きな心境の変化を遂げているのでしょうから……。

関係の見直し

　先ほど、久しぶりにパパから連絡が来ましたの。
　開発チームは新事業プロジェクトの研修で地下に潜っていたのだと。
　そこの場所も秘密の場所（内部機密）で決して外に漏らしてはいけない。
　だから、パパが今どこにいるかも詳しくは教えていただけませんでした。
　ただ、「某地下」としか。
　そこの場所では訓練もできる様子で、パパは射撃の練習もしているそうです。
　一流のスナイパーを目指してとか。
　防衛も必要な様子です。
　パパは視力は並外れて良いのです。
　普段から気をつけているのだと。

みよは、パパに思いっきり甘えたデレデレな声でお話しましたの。

　パーパ♪　いや、アッチン♪
（アッチンは通名です。本名は違う）。

　アッチン♪
　美代子(^^)

パパは猫なで声で囁いてきましたの。
パパの声は、ただでさえ色気に満ちたセクシーボイスなのに……。
ごめんなさい。
電話の声をお聴きしただけで、胸がキュンキュン高鳴りましたの。

美代子、濡れてるね。
そうおっしゃいました。
帰ったら真っ先にお前を抱きたい。１日中抱いていいか？
そう聞かれました。
お前の肌が忘れられない。正直、遥華とはまた違う一人の女としてお前を愛している。
そう、告げられました。

みよは、我慢ができなくなり、電話でやり取りをしました。
　そして一度だけイキました。

　パパ、何てセクシーなの？
　でも、理解の高い方ですのでね、鏡夜のお話をしました。
　今、同棲していること。
　みよじ様は鏡夜のペットにさせられてしまっていることも。
　パパはやはり、すぐに結論が出せる問題ではないとおっしゃいました。
　それぞれの心の動きも見なければと。そうよね。

　鏡夜が昨日、あんなに可愛らしく無防備に思えた。
　みよは、結局、パパ、鏡夜、みよじ様三人と恋愛しているような形ね。
　ダメな女……。

「ただいま。美代子、今帰ったぞ」
　先ほど、鏡夜が帰ってきました。
　みよは、料理を作って待っていましたのですぐにテーブルに並べて食事となりましたの。
「おぉ！　お前の作る料理はさすがだな。
　俺様の好物のハンバーグ料理をよく心得ている」

鏡夜は、みよの作る料理をいつも好んで食べるの。
　本日は向き合わず、隣に座りながら「あ〜ん」って。
　彼は大きな口を開けておいしそうに食べたわ。
　みよがお口に入れてあげるのよ。

　たまに、キスを求めてくると思いきや、オッパイに手を入れてきたりね。
　何だか夫婦と言えば、そんな感じよね。

　鏡夜、遥華ママにすごく関心を抱いた様子。
　同じ施設育ちなのを知ってから、彼の中で何か変化が起きたのかしら？
　やっぱり、アタシもどことなく孤独な雰囲気を出していたのだろうか？
　だから、彼の目に留まったのかしら？

　彼は本日はデレデレ甘えすぎ。
　アタシの服のボタンを全て外されました。
　オッパイを今日はよく触ってきますわ。
　あまり触られると食事どころではなくなっちゃうじゃない。
　アタシって何かこう、思わせ振りな態度が大きいのでしょうか？

彼氏はアタシをとてもとても愛していると。
　今まで強がっていて虚勢を張っていた。
　アタシに対しては、いい女を手にしていないと、面目が立たないと言う彼のマヤカシの見栄でしたわね。
　ママの話に触れてからの彼は、弱さを見せてきました。
　本当は弱い人間で、でも、あの時の地獄の思いを味わうのがもう耐えきれないと。

　パパは違うわ。
　アクシデントが起きても動じないように、それを想定して訓練に励む。
　でも、鏡夜はまだ23歳。
　彼は、生き急ぎすぎたのだと感じましたわ。

　鏡夜、みよじ様をこれからも洗脳する気でしょうか？
　鏡夜がアタシと結婚するつもりがあるなら洗脳する必要がどこにありましょう？
　それに、バンドを辞めたり、マフィアとつるんだり……。
　そのような状態であなたの妻にはなれないわ。
　でも、あなたを手放すのは心配よ。
　何だかんだ、この４年間、あなたを見てきたもの。
　アタシもパパとも連絡取ってなかったし殺伐としていたわよね。

あなたとアタシの接点は最高峰のセックスに溺れること。
　いろんなセックスを試したわね。
　きっと、どこのAVよりも最高級でしょう。

　アタシも愛を知らずに生きてきた。
　まさか、北朝鮮の血が流れていることも知らなかった。
　でも、真実を知って、本当の自分が何者なのかを知って、受け止めて、そこから初めて愛について考えられるようになったのよ。

　アタシにとって、今の甘える鏡夜は、子供のような存在で、ある意味好きだわ。
　そんな風に彼を見た。
　そんな彼とこれからベッドインする。
　お互い全裸のまま寝る。
　彼は、オッパイばかり触るのよね。

　また、今晩もゆっくり話そう。
　愛することはわからないけど、ライクの意味で大好きな鏡夜★

　美代子が即興で作って口ずさんだ歌。

聖なる貴女

　広い大地で　小鳥の囀りが聴こえる
　何て心地よい風なのでしょう
　今まで気付かなかった世界が広がるの
　偉大なる母の愛
　大空を越えて聳え立つ
　遥かなる父の威厳
　雨が降っても雪になっても溶けない愛
　アタシはここにいる
　父と母の愛に包まれ
　見守られ
　光に包まれ
　勇気を抱くの
　ラララ〜〜〜ラララ〜〜〜

鏡夜は何か安心して寝ている。
そんな鏡夜が可愛くてキスをする。

　昨日のパパとの電話のシチュエーションが夢に出てきましたの。
　美代子、どーなってるの？　って下着に手を入れ、濡れを確認する。
　その指先はしなやかでアタシはますます乱れますの。

あぁ、熱い肉棒が欲しくて欲しくて。
精一杯に頑張ります。
あぁ、何てたまらなく美味しいの。
顔を赤らめ、必死に恥ずかしがるアタシをすかさず抱きかかえ、突き上げる。
お口にいっぱい出していい？って。
でも結局中にね、いっぱい出してくれましたのよ。

正直パパとのエッチが一番好きです。
なぜでしょうか？
エッチの時には親子という気がまるでしません。
アッチン
美代子
って呼び合って、愛し方がすごいラブラブ。
鏡夜と違ってゲテモノじゃないし。
テクニシャンのわりにスマートで、愛が深い。

みよは、毎日ラブに恵まれた生活を送れるようになりましたの。

アタシは誰が好き？

みよじ様は現在、鏡夜と恋人関係にあります……と思わされています。

ゆえに、鏡夜がうちに来てからも、毎日みよじ様とラブ電話しています。
　テレフォンセックスが当たり前ですのよ。

　みよじ様は鏡夜が欲しくて欲求不満が爆発しそうだと、拗ねていらっしゃるそうです。鏡夜は、みよじ様を何がなんでも支配下に置きたいのよね。
　それだけではなく、ママの生い立ちや、いくえの歌に触れ、鏡夜は少しずつ心境の変化を遂げているのも確かです。

　明日、みよじ様が我が家に来ることになりました。
　恐らく三人で暮らすことになるでしょう。

　みよはお風呂が好きですの。
　極度の寒がりだけあり、お風呂場は充実したマンションを選びました。
　お好きな入浴剤を入れ、ジャグジー。キャー。
　ライトが代わる代わる。
　ラブホのようですわ。
　鏡夜も気に入ってくれており、いつもお風呂に30分以上入ってしまうわね。
　でも、彼はやっぱりみよに恥ずかしい格好もさせるけど。

「鏡夜は、みよじ様を本当はどう思っていますの？」

「俺は、みよじが怖いんだ。
　幸せを奪われそうで。美代子がいなくなりそうで。
　美代子、お願いだからいかないでくれよな？
　お前を世界一幸せにしたいから。
　お前と結婚したい。
　ステイタスだけではない。
　俺は、人間が怖い。
　俺がまともに話せる相手は、今はお前しかいない」

「美代子……」
　やんっ。
　鏡夜は、オッパイをペロペロしてきます。
　くすぐったいわ。
　そして、次々と聞いてくるの。
「俺のSMプレイは問題あったか？」
「アッチンのようなノーマル親父がいいのか？」
「美代子は変態ドMだよな？」
「もし、俺のプレイが気に入らないなら、改める」
「しかし、今夜だけはもう一度愛を確かめさせてくれ！」
「俺は、お前の全てを独占したい、失いたくない‼」

「わかったわよ。
　アタシは鏡夜のプレイは大好き。
　でも、最近よくわからない……」

この間電話でお話した時に、パパの女性遍歴を伺いましたの。
　なぜそのようなお話に至ったかと言いますと、アタシは、鏡夜のセックスに最近物足りなさを感じてきていて、パパはみよを充分に満たしていただけるので、パパはさぞかし女性と経験を重ねられたのでしょうとお話しました。
　するとパパは、「俺の経験した女は遥華が最初で最後だ」とおっしゃいました。
　北朝鮮で暮らしていた頃のパパは、とにかく尋常じゃない深刻な事態を繰り返していたそう。
　ぐちゃぐちゃな家族、極貧な食糧難。
　目の前で人が死のうが殺されようが俺は一切同情しない。弱い奴は生きられない。死にたい奴は勝手に死ね！……そんな状態。
　パパは血も涙も一切通っていない冷徹な人間だったそう。
　恐らく、鏡夜とは比べられないでしょうね。

　パパはとても美しい顔立ちで色気に満ちています。
　普段ならさぞかしモテるに違いない。
　パパは、愛する女性だけのためにテクニックを使うのだとお話していました。

では、普段、もし、目に留まる女性が現れたり告白されたらどうしますの？と聞いたわ。
　または、処理をしたい時は？
　パパは、ママにしか気がいかないのだと。
　また、欲に関しては制御する強い理性を普段からお持ちのようです。
　みよは、感心いたしました。
　アタシは、性にだらしない。
　だから、キッパリと決断ができない。
　誰を愛しているのか。
　きちんと判断するためにも、まずはだらしないみよの性を、制御すべきだわ。
　みよにはまだそんな高度なことはできない。
　今もビショビショなくらいだから。

　昨晩の彼氏はすごすぎたわ……。
　惚れ直しました。
鏡夜とのSMプレイ★
　彼氏とは主にSMの世界を存分に楽しんでおります。

　アタシは、身悶えすることにある時快楽を覚え、彼氏は極限に貶めることに快感を覚えたようです。
　アタシたちはきっと、何の捌け口もない、路頭に迷った二人だったのでしょう。

まず彼はね、アタシを縄で縛ります。

　亀甲縛りってご存知かしらね。

　アタシの手首には縄の痕が軽くつきます。

　その強さで縛ります。

　マイロープがございまして、アタシはピンク色の縄がお気に入りです。

　その後、バックスタイルでお尻をつき出され、注射をされますの。

　割り箸を2本ほど刺しますわ。

　しばらく放置されます。

　羞恥心が湧いてきます。

　その頃彼はムチでアタシのお尻を叩き、辱める言葉を繰り返しますの。

　みよは、興奮がたまらなくなり、そのままお漏らしをします。

　ぐじゃくじゃになった頃、今度は喉の奥まで頬張ります。

　アタシは思いっきり嘔吐します。

　彼氏はその姿が快感のようです。

　そのうち押し倒され、手足を縛られたまま、中に出されます。

　あとは、ロウソクを全身にたらされます。

　火傷スレスレの熱めの温度ですわ。

彼氏の言葉責めのバリエーションはまさに天才ね。
　絶妙な言い回しでみよを興奮させます。
　最近彼氏のエッチに、身体は過分なまで満足しているはずですのに、気持ちがますます、反比例するかのように虚しくなるのですわ。
　強制オナニーをさせられている時の頭の中では、常に、「アッチン」「みよじ」って呼んでいるの。
　それでも昨晩の彼氏は凄すぎたわ。
　彼氏は、パパやみよじ様を意識されたからでしょうか？
　優しさが伴うようになりましたわ。
　プレイは今までよりさらに力強く、みよをより快楽へ導きます。
　しかしながら、優しさや思いやりを意識され始めたわ。
　イク回数ばかりにこだわっていたアタシたちに、何か変化が起きたのでしょうか？
　それともパパやみよじ様への嫉妬に耐えられなかったのでしょうか？
　鏡夜のセックスに、昨晩初めて愛を感じられ始めた。
　しかし、アタシの心はパパやみよじ様にある。
　上の空でした。
　それでも、彼氏は常に、アタシのためにさまざまな技を熟練してアタシに施してくれているのだと思うと、みよ、感激して涙が止まりませんでしたのよ。

「美代子、気持ちいいよ」
　彼は初めてアタシとのプレイ中にそのようなお言葉をかけてくれたの。

　あっ、本日はみよじ様が我が家に参ります。
　どうなってしまうのかしらね。

6章　いたぶられて

みよじと鏡夜が

　買い出しなどをして準備万全な頃。
　いよいよ、みよじ様が家のドアを開けられました。

　俺の名は、みよみよじ。
　苗字が「みよ」で名前が「みよじ」。
　フリーランスライターのはずが、現在鏡夜様のフィアンセよ。

　うぇーい。
　酒だ！　酒持ってこい！
　ベロベロになったら全身リップ。
　スカイツリーはスイカ釣り。
　フリー名僧はライターが迷走。
　俺様みよじ、みよじ、み・よ・じ。
　うぇーい。
　兜合わせで祝杯さ。

　おい！　メスブタ！

お前の手料理は美味いな。
　この寿司は大江戸のバチトロと同じ味だな。
　お前はこれから、俺様と鏡夜様のセックスを傍観しろ。
　そして泣け。

　みよじ様はかなりのハイテンションで登場されました。
　まるで別人だわ……。
　みよ、これからも心配です。
　みよじ様……みよと相思相愛だった時とは変わり果てたお姿。
　歯痒いばかりです。

　鏡夜は、みよじ様を支配して、二人のプレイを見せしめ、アタシに大好きアピールをしている。
　好きな異性と、こんなにも近くにいるのに、接近することすら禁じられているような。

　先ほど、鏡夜とみよじ様が入浴しました。
　アタシは背中を流す係でした。

　アタシのベッドはわりと広めですので三人でも眠れます。
　わざと、二人がラブラブなところをアタシに見せつけます。
　みよを、どこまでもドMにする鏡夜。

きっとＳ心をよりくすぐるのでしょう。

あぁ、みよじ様、なぜ鏡夜がいいの？
アタシはここにおります。
婚約までした、美代子ですわ。
洗脳よどうか解けて……。

みよの羞恥心はマックスに至りました。
あぁ、身体に電流が走る。
隣でお二人が交わっている。
みよにはくれない。
わざと放置プレイ。
身悶えもこれ以上耐えられない。
パパ、みよは、籠の中の鳥であり、じわじわといたぶられております。

所詮、鏡夜はみよを愛していない。
自分のプライドのためよ。
そんなにみよじ様が怖いのね。
しかし、アタシも鏡夜のセックスに支配されている身。
性にだらしないがゆえに。

いつまで続くのかしら？
みよ、本日はこのまま昇天する（イク）と思う。

そのまま眠りにつこうと思います。

「へっ。
　何が悲しいだこの女（アマ）
　お前が昨晩俺らを見て泣きながらビショビショに濡れまくってイッたのを確認してるんだぞ。つくづく淫らな女だな」

　みよじ様は今朝がた、そうおっしゃいましたが、その内容は事実であります。
　あんなにも物悲しいにもかかわらず、アタシの身体は以前にも増して乱れていく……。

　潮吹きを彼らは嘲笑う。
　みよじ様ももともとＳの気が強い方ではありますが、以前は愛情に満ち溢れておりましたわ……。
　単に、ストレス、鬱憤の捌け口で、みよをいたぶっている以外の何ものでもない。
　みよっておかしいでしょ？
　そんなことされるのが身体には合っているのよ。

　みよじ様も鏡夜と同じスタイルになってしまった。
　Ｗ鏡夜から放置プレイを強要されている状態。
　常に監視されている。

自由なんて一切ありません。

みよは、ワガママな姫かな。
お仕事もずっと休んでしまっているし、鏡夜とのセックスに溺れるも、みよじ様を愛し、本音はパパと愛人のような関係になり、連れ回されたい。
パパ、早く帰ってきて。
アタシを奪って。

パパとのデート

先ほど、パパから連絡がありました。
やっと一段落する様子で、今夜から数日間空けられるそうで、みよのためにプランを考えてくれているようです。
今晩は、赤坂の高級ホテルを取っていただけましたの。
パパはお金持ちです。
でも自分の服装や持ち物にはあまりお金をかけないのよね。
汚れた靴下がパパらしくキュンときますわ。

最近みよは、パパをアッチンと呼びます。
あっくんやあっちゃんではないのよね。アッチンなのよね。
パパに、みよの好きなドレスやブランドをいっぱい買っ

てもらえることになりました。
　みよの好きなドンペリピンクで乾杯することも。

　鏡夜たちには、ひとまず家を退出してもらいましたわ。
　あぁ、今夜はパパとのラブラブデートよ。

先ほど鏡夜から送られてきたメッセージ★

美代子へ
　昨晩の放置プレイはお前にとってますます快感を覚えていったようだな。
　まるで、目の前に俺様の熱い肉棒があるにもかかわらずバイブを入れられているかのようだったろ？
　昨晩のお前の乱れる姿に俺はますます興奮してしまったよ。
　みよじは心臓の持病を抱えているらしいな。
　そのうち発作が起きるだろう。
　アッチンジジイが相変わらず好きなようだな！
　ま、ジジイだろうし、先は俺様と比べれば歴然だろ？
　みよじはますます狂っていて、見ているこっちが楽しいよ。
　いい加減、みよじには幻滅しただろ？
　お前は俺様だけのものでいいんだよ。
　その時は近い！

みよじがいなくなった頃、お前を強制的に嫁に貰う！
あぁ、楽しい。
世の中が狂おしい。ギャハハハハハハハ。

アタシは鏡夜と別れたいわよ。
本心はね。

今夜のパパとのデート楽しみだわ。
みよは、ブランド物が大好き。
特に、シャネルとエルメスが好きです。
本日のみよは、シャネルの化粧品で、綺麗にメイクアップします。
口紅は、淡いピンク。
みよのチャームポイントは井川遥さんのような厚くて大きい唇と言われます。
そのような唇は、情熱的と言いますわね。

みよの一番お気に入りのゴージャスな姫ドレスに毛皮のコート。
そしてエルメスのバッグ。キャー。
みよは、やっぱりお姫様よね♪ルン♪

パパがダーリンならいいのになぁって思う時が近頃たびたびありますの。

みよ、本日は持ってる中で一番の勝負下着よ。
パパ、みよの気持ちに気付いてくれるかしら。
パパにまた手を入れられたい。
キスもたくさんしたい。
公然の場で、LOVEを見せつけたいわ。

パパが自宅にお迎えにいらっしゃいました。
みよはすぐ助手席に乗りました。
正直、緊張しすぎて、胸の高鳴りが押さえきれなくなって……パパも無言でした。
しばらくお互いに無言でしたの。
みよも、切り出そうに話せず。
ひとまず銀座方面に向かっているそうですの。
みよは、パパの膝に手を添えました。
震えるくらいこの想いが止まらなくて。
みよは、ますますドキドキが増してきました。

するとパパは、暗い夜道で急停車しました。
辺りは誰もおりません。
その瞬間、みよにキスをしました。
「美代子、可愛いよ」と、唇を離さず舌を絡めてきます。
みよの舌を蜜を吸うかのように。
あぁ、パパはなぜ、キスだけでセックスを表現できるの？

パパは結局、30分くらいキスをしていました。
　みよの舌に舌を絡めていました。
　前戯を表現しているのよね。
　みよの蜜の部分を吸い付くように。
　アタシの下の蜜の部分は大きく固くなってきましたの。
　パパ、我慢できなくなっちゃうから……。
　そうよね。
　こんなところで激しく乱れては。

「パパ、お帰りなさい」
　みよは、すかさず会話をしようといたしました。
「美代子は俺の愛人だ」
　パパは力強くそうおっしゃいました。
「アッチン、愛しています」
　みよは、そう返しました。
　その後、少しずつ会話をしながら銀座の高級レストランでフランス料理のフルコースをいただきましたの。

　次は六本木に向かいました。
　紹介したい仲間たちがいるのだと。
　パパがアタシに紹介してくださった方たちは中国人でした。
　パパは、中国語が堪能でいらっしゃいます。
　ドイツに住んでいた時も、定期的に香港に行っていたそ

うです。
　恐らく紹介された方たちは中国マフィアね。

　パパは、中国語で彼らにアタシを紹介していたわ。
　パパの女として紹介されました。
　そうよ、アタシは「アッチンの女」よ。

　パパは、とても美しい顔立ちではありますが、
　目付きが怖くもあります。
　安藤昇さんをさらに鋭くしたような顔付きにも見えますわ。
　もしかするとパパは香港マフィアなのかしら？
　パパは一体、何者なのかしら？
　まだ、アタシの知らない範疇のパパがいるような気がしますわ。
　もしかしたら、パパは、鏡夜のつるんでいる組織のリーダー格なのかもしれない。
　そんな気にもさせられました。

　みよも最近、中国語を勉強し始めましたの。
　大好きなパパを少しでも知りたいわ。

　結局、マフィアの方たちと全て中国語でお話しされているのでアタシはよくわかりませんでしたわ。

しかし、雑談やら打ち合わせのような、深い間柄のような感じがいたします。
　ちょっぴり緊張いたしましたが、パパはみよが隣にいることにとても嬉しそうにしていらっしゃいました。
　アタシはマフィアの娘……でもあるのかしらね。

　あんっ。
　パパは本当にイイ男よ。
　アタシを自分の女として紹介してくださるなんて。
　鏡夜との兼ね合いもきっと考えてくれているに違いないわ。
　恐らく、タイミングを見ているのでしょう……。
　パパ、明日から２日間仕事を空けてくださいました。
　みよとラブラブな時間を過ごしたいと言ってくださいました。
　本当、こんなイイ男の女になれるなんてね、アタシは世界一幸せよ。

　パパ、お酒に酔い始めました。
　アタシも同じくですわ。
　本日は朝まで彼らたちと飲み明かすでしょう。
　ホテルは２泊３日で取った様子です。
　本日から３日間、六本木のみよになりますわ。

昨晩のみよは、酔っ払ったようで、パパにもたれ掛かりそのまま眠ってしまったようです。
　パパたちは結局朝まで飲み明かした様子です。
　皆さん酒豪です。
　パパはみよを抱きかかえ、そのまま予約している赤坂の高級ホテルにチェックインされたようです。

　やんっ
　目覚めたみよは、全裸でしたの。
　乳首がツンと上を向いております。
　今朝はお漏らしをしていなくて良かったわ。
　パパに知られたら恥ずかしいですもの。
　パパも全裸でした。
　みよの寝顔を安心して見ていてくれたようです。

　美代子、おはよう。
　パパは軽く挨拶されました。
　今朝はオッパイを両手で揉んできますの。
　強くもない程度に。
　何か、不思議な感じね。

　みよは、ずっと、潮を吹くことがセックスの醍醐味だと思っておりましたが、パパは辛いことは一切強要しません。
　もしかしたらみよ、勝手に自分が変態だと思い込んでい

ただけで本当はノーマルを求めているのかしら？

　パパは、バラの花を散りばめたベッドを演出してくださいました。
　みよが一番好きな花は、紅のバラよ。
　あぁ、心が潤うわ。何て心地がよいの？

　パパはみよにキスを施してくれるわ。
　唇、頬、オデコ、首筋、耳、それから上半身、背中……そうやってきてね、花びらの蜜の部分に美味しそうに吸い付きます。
　ごめんなさいっ。
　イッてしまいましたの。
　でも、お漏らしはしません。
　しかもパパはその瞬間すぐに察知してくださり、プレイをすぐさま取りやめ、みよを抱きかかえてくれました。

「美代子は、バラが好きなんだよな。お前も美しいよ」
　何て嬉しいお言葉をかけてくださるの！
　みよを、大好きなバラの花にたとえてくださるなんて。
　アッチン、愛してる。
　アタシは、アッチンの女よ。

　あのあと、パパにね、美代子は俺のどこの部分が一番好

きか？って聞かれましたの。
　みよね、「ホントのことをいってもよいですか？」と聞き返しました。
　すると、「お前の本音が聞きたいんだ」
　そう言われましたの。
　みよね、本心を打ち明けた……。
　アタシは貴方の肉棒が一番好きだと。
　逞しくて、綺麗で……。

「アッチン、アタシは正直になってもいい？
　アタシのしたいようにしてもいい？」
　そうお話すると
「お前のしたいようにして欲しい。
　俺はそういうお前が見たいんだ」
　そう答えられましたの。
「では貴方のその肉棒を心いくまでいただいてもいいかしら？」

　キャー。
　みよは、本当に本心を打ち明けました。
　だってたまらなく美味しいのですわ。

　パパはね、美代子の下は蜜の味がして離れられないっていってくれました。

心いくまで……。
１時間くらいは味わわせていただきました。
　ずっと、お口に含んだままでした。
　パパはね、別にイクことが目的でもないから、みよの本心を受け止めようと、必死で向き合ってくれました。
　何て心が潤うのかしら。

『アッチン、本音を申しますと、アタシは貴方を世界一愛して止みません。もしも他人同士でしたら、アタシをめとって欲しかった』
　パパのこと、一人の男として見すぎておりますわ。

「俺は、美代子を愛している。
　これからもラブラブの関係を続けたい。
　いい女だよ。俺にとって最高の女だよ。
　だから、お前を幸せにしたい」
『パパ……』
「みよは、このまま失神してもいい？
　やっぱりそうなりたい」
　パパは最後、みよを、思いっきり失神させてくれました。
　そしてディープキスを、昨晩の車の中でのように行っておりました。

パパはこれからも、自慢の女として、みよを、いろいろな場所に紹介したいそうです。

　これからご飯です。
　夜はまた、六本木に行くのかしら？

7章　新たな展開

美代子の過去

「パパと仲良しで羨ましい」
「本当の恋人や夫婦みたい」
「美男美女お似合いで絵になります」
「どうしたらそんなに仲良くなれるんですか？」
　……と人から言われることもあるの。
　パパとアタシは最初から仲良しのように感じさせてしまうかもしれないですが、仲良くなれたのはつい最近。まだひと月も経っていません。

　若い頃のパパは、地獄を見て生活してきた。
　唯一の希望だったママを亡くした彼は再び、絶望を抱いたに違いありません。
　そこに生まれたアタシに対して恐らく、絶望と希望が隣り合わせの感情を抱いたに違いありません。
　遥華の分まで……。
　しかし、妻はもうこの世にいないと。
　パパは再び孤独な暗い闇に引き込まれたのでしょう。
　もう、北朝鮮には帰れないし、日本人として生きるしか

ない。
　全てを捨て去りたかったパパが必死で勉強して就職した外資系企業がドイツにあり、アタシを連れて移住した。

　アタシが幼い頃のパパ。
　今思うと、ロリコンと言うか、アタシに対して異常な執着心があったわね。
　アタシのストーカーみたいな感じよ。

　パパは、アスペルガー症候群の持病を持ってらっしゃいます。
　この病気は、1つのことに異常な執着心を持つ。
　ゆえに天才的能力を発揮できる反面、側面が見れない。
　パパは、ママのことしか頭になかったわね。
　アタシを愛し憎んだ。
　少し遠くからしか接することができなかった。

　アタシは早熟な子として、小学生の頃からマドンナ的存在だった。
　しかし、性格が邪魔をしたからかしらね？
　上から目線で友達を傷つけてばかりいたわ。
　こんな物事も理解できないの？　アンタって脳が足りないのねって、みよは、お友達を見下していた。
　正直ね、なかなかみよになついてくれるお友達はできな

かった。

　中学生になったみよは、ますますモテたわ。
　アタシのファンクラブまでありました。
　校内の美女投票には1位に選ばれましたの。
　でも、みよはね、理系女子だから、数学や哲学の話ができる人にしかあまり惹かれなかったわ。
　別に、見た目が釣り合う男子を基準なんてしていない。
　アタシはチャラい男が苦手でした。
　偏差値が70に満たない人間には近寄りたくもありませんでした。

　中学生の時はずっと、学年で1番の成績を収めておりました。

　お友達がなかなかできづらかったみよですが常にアイドル視され、孤独でした。
　数学の先生に恋をしました。
　しかし、既婚者で、まるで相手にされませんでした。

　みよのストーカーは次第に増え続けました。
　ファンクラブのメンバーが増え、異性だけでなく、同性までもがみよにアプローチしてきました。
　みよは、レズビアンの女の子からも、要求され、応じた

こともございました。

　そんな彼らはアタシを調べ上げ、実は在日なのでは？と噂を立て始めましたの。
　アタシは驚きました。
　北海道札幌市出身で、パパは鈴木敦彦。ママは旧姓は忘れたけど遥華と聞かされていたから。
　パパに確認したところ、すごい剣幕でしたのよ。
　アタシはますます孤独だった。
　誰にも本音で話せない、同じ目線で話せるお友達は誰一人いなかった。
　授業参観に、パパが来てくれたことも、運動会にパパが来てくれたことも、一度もなかった。
　難しい試験に合格した時も、話も聞いてくれなかった。

　パパはずっとずっと孤独と闘ってきた。
　ようやくわかりました。
　ごめんなさい、書いていて涙が出てきてしまったわ。

　すみません。
　あれからなぜか発作が止まらなくなり、今ホテルに戻りましたの。
　それほど重くないようですので、眠っていれば緩和されるかもしれません。

パパ、せっかくの休みなのにごめんね。
病弱な娘でごめんなさい。

パパ、みよを愛してくださってありがとう。
これから眠ります。

正気に戻ったみよじ

みよちゃん、みよちゃん、
あれ？　みよじ様のお声が。
気のせいよね。
本当だったら嬉しいですけれどね。
その時、今のアタシたちには信じられないことが起きたのでした。

「みよちゃんへ
俺はみよちゃんを護りたい。
今だけは記憶が戻っている。
しかし、あと１時間後にはまた戻ってしまう。
本当はみよちゃんを、俺の奥さんにしたい気持ちは今でもいっぱいだよ。
むしろ、前よりずっとずっと、想いはふくらんでる」
みよじ様からメールをいただきました。

慌ててアタシは平静を保つかのような普段と変わりない文章を送っておりました。
「みよじ様
　みよの、病気を一番理解していただけたのはあなたですものね。
　発作は本当に苦しいね……」

「みよちゃん
　俺の病気はいつ再発するかわからない。
　あの時覆面男に襲われてから、心臓にだいぶ負担がかかっている。
　従うしかない。
　いつかこの洗脳が解けるかな？
　みよちゃんを、早く俺のお嫁さんにしたいよ」

「みよじ様
　待っています。
　みよは、生涯かけ、あなたを待っています。
　一緒のお墓に入ろうね。約束よ★」

「うん。
　やくそくだよ。絶対に！」

　みよじ様からいただいたメッセージ★

「みよちゃんへ
　今だけは記憶が何とか戻っています。
　俺は鏡夜に支配されているようです。
　覆面男に襲われたあの日から、携帯電話に数百件の嫌がらせ電話やメールが盛りだくさんでした。
　ビジネスパートナーの新宿鮫は、帰らぬ人となりました。
　俺の持病は悪化しています。
　これ以上心臓に負担がかかったら寿命は縮み、入院も余儀なくされるでしょう。
　鏡夜は異常な独裁者としか言いようがない。
　俺は今でも、みよちゃんをお嫁さんにしたい気持ちでいっぱいです。
　本当は、結婚指輪も買ったんだよ。
　みよちゃんの花嫁姿、見るの楽しみにしていたんだ。
　鏡夜にバレてしまい、携帯電話も没収されることになってしまったから。
　これが最後のメッセージになるかもしれない。
　みよちゃんを生涯かけてお嫁さんにしてみせたい。
　約束だよ
　みよじ」

　ありがとう、みよじ様。
　一緒に戦おうね！
　ひとまず寝ます。

約束

　昨晩、みよじ様のご記憶が奇跡的に戻ったのか？
　本来の温かく優しい彼からの労いのメッセージをいただきました。
　いつ洗脳状態に戻るかわからないので、「今このうちにみよちゃんに会いに行きたい」とおっしゃいました。
　みよがホテルの部屋番号を教えた頃には、すでに携帯電話は没収されたようです。
　みよじ様は鏡夜のアジトから抜け出し、タクシーで部屋まで来られました。
　みよじ様は息が荒くて、顔色もとても悪い状態でした。

「みよじ様！
　来てくださったことはとても嬉しいですが、ご自愛なさってください！」

　みよは、彼を隣に寝かせましたの。
「みよちゃん！」
　みよじ様は号泣されました。
　涙脆い方でもありますのよ。

　鏡夜は、みよじ様の自然な抹殺を図ろうとしていること

も、伺いました。
　新宿鮫さんは見せしめに消されたのだと。
「どっちにしろ、俺は入院しなきゃならない身体になりつつあるんだよ。
　その日はそれほど遠くはないよ。難しい病気だからね。
　みよちゃん、俺はいろいろ君にもウソをついていた。
　本当は妻なんていなかった。
　年齢は38歳。
　パソコンオタクだよ。
　こんな俺でも、みよちゃんを愛する気持ちには嘘偽りはないよ。
　不細工でゴメンナサイ」

　みよじ様はみよの胸元に顔を引っつけながら、申し訳なさそうに泣き続けておりました。

「みよちゃん、指を出して！
　ほら、みよちゃんにピッタリのダイヤモンドの結婚指輪だよ！」
「キャー、嬉しいわ！」
　みよじ様はアタシの薬指に結婚指輪をはめてくださいました。
「あなたと、生涯共に。添い遂げたい」
「嬉しいです！」

しばらく、みよじ様はみよの横で添い寝しておりました。
「記憶が戻ってしまったら、また君に辛辣な言動を投げ掛けるでしょう。
　そんな俺に価値はないよ」
「いいわ。そんな貴方も、みよじ様に変わりないですもの……」

　みよは、自分の容態が悪化したのでそのまま眠りにつきました。
　みよじ様もそのまま眠りにつきましたわ。
　パパはわかってくれていた様子で、何も言わずそっと見守ってくれていました。

　今朝になり、お互い目が覚めましたの。
「記憶が戻らなくなった！　みよちゃん！」
「良かったわ！　洗脳チップの効果が切れたのね？」
　アタシたちは泣いて喜びました。
　お互い抱き合い、何もせず、ただ、喜びを分かち合っておりました。
　みよじ様の容態が、想像以上に悪化していることにまだ気付きませんでした。

　みよじ様の記憶が戻り、それからみよじ様はだいぶアタ

シに甘え、すがってきましたの。
　とても怖かった。自分は不良やケンカに全く無縁な世界に生きてきたからと。
　子供やペットを愛されるみよじ様がなぜ、あのような集団に襲われ、洗脳される必要がありましょう？
　みよじ様は、ずっとずっと、お母様の名前を呼ばれ震えていらっしゃいました。
　何て可哀想なのでしょう。
　記憶が戻ったことは幸いでも、心の疲労は凄まじいご様子です。

「俺は小さい頃、モルモットを飼っていた。ハムって名前をつけた。アイツは俺になついてね、可愛いんだ。また、モルモットを飼いたいな。
　みよちゃんは、心のキレイなお姫様だね。だから、俺は君に癒されるんだ」

「みよじ様」
　みよじ様は、アタシを母だと思い込むかのように、胸に顔をずっとうずめていらっしゃいました。

「今夜は、アタシの家に泊まりなさい。
　これから、しばらくアタシの家で暮らそう。
　就職は、まだまだ先で構わないから」

「みよちゃん！」
　そして、みよじ様は言いました。
「１つお願いがあるんだ。
　モルモットを飼いたい。
　一緒に、我が子のように育てたい。
　俺たちもいずれ、二人の子供が授かるといいね」
「みよじ様……いえ、アナタ」

　しばらくアタシたちは心の療養に専念することに決めました。
　みよじ様と、モルモットを飼うことにいたしました。
　明日から、アタシが仕事で家を空ける時には警備員を自宅につけ、何がなんでも事件を阻止するよう努めることにいたしました。
　パパも、みよじ様を自宅にかくまうことには賛同していらっしゃいました。

　本日は、赤坂のホテルから自宅に戻りました。
　パパのポルシェに、アタシとみよじ様を乗せ、自宅へ無事帰りましたわ。
　パパも、みよじ様をとても心配なさっております。

　みよじ様は、パパに挨拶をされました。
「私は、美代子さんをお嫁に貰いたいです。

良いでしょうか？
　必ず、幸せにし、生涯を添い遂げます」
　そうお話されました。
「美代子を頼むな」
　パパには、快諾していただけました。
　いつでも結婚して良いと納得もされています。
　これから、パパと、アタシとみよじ様、三人家族で仲良く暮らそう。
　モルモットのハムも加わりますわ。

　鏡夜の私物はどうしようかしら？
　物置に一まとめして。
　みよじ様とアタシ用に、これから、部屋の中をアレンジしていこうと思います。
　もう、アタシたちって夫婦よね？
　これから、夫婦仲良くベッドで寝ます。

　みよじ様、本日は相当お疲れの様子でもう、スヤスヤ眠ってしまったわ。
　カワイイな。
　寝言を言ってるのよ。
　みよちゃんの花嫁姿がキレイだなって。
　キャー、みよじ様、嬉しいわ。
　結婚式はいつになるかしらね？

鏡夜の叫び

　次の日になりました。
　みよは本日、14時からの出勤予定です。
　通常、出勤時間の1時間前には到着し、店長やボーイさん方に挨拶をいたします。
　ドレスアップして、お化粧直しをし、ヘアセットいたしますわ。
　本日お店に着いてビックリしたことは、「美代子さん、ご予約のお客様が時間を早めて入りたいのだとあまりに強引で。13時半からお願いできますか？」とのこと。

　みよは慌てて身支度を調えました。
　鏡夜ね。
　仕方なく、13時半少し前からご指名を受けました。

　部屋に入った途端、みよのドレスを破るかのようにはだけさせ、すぐに下着姿にさせました。
　下着に手を入れてきた彼が開口一番
「グッチョリだな。何だこのグリセリンの塊のような下は！」
　みよにアイマスクをさせ、以前書いたようなプレイを求めてきました。

本日は、バイブだけでも10本はございました。
　下に桶を置き、お漏らしを全て溜め込む。
　ロウソクを本日はたらしてばかりでした。

　いやんっ
　あんっ
「何？　いつもより熱くない？　量も多いわ！」
「うるせぇ！　貴様、みよじと結婚するんだってな！　ジジイ公認でよ！
　俺様と４年間も付き合ってきたんだぞ？
　なぜ籍を入れない？
　俺がどれだけ貴様を愛しているかわからないのか！！！」
「アタシは、別にセックスだけを求めていない。
　みよじ様はアタシに真実の愛を教えてくれた。
　パパは、ノーマルの快楽を教えてくれた。
　鏡夜、貴方は狂っているわ。
　アタシは貴方が怖い……もう、愛せない。
　身体はこんなに濡れているけれど、心は貴方を恐れ、拒絶している……」
「美代子！
　もっときついプレイじゃないと感じなくなったのか？
　みよじはもっと激しいのか？
　それともジジイか？」

「違うわ!
　いい加減にしてよ」
　アタシは思わず泣き崩れてしまいました。

「警察に、今後貴方の被害届を出すわ。
　もう、指名もして来ないで欲しい」
　アタシは泣きながら、切れ切れに言いました。
「アタシの幸せを奪わないで……」
「アタシは、ノーマルの世界でこれからは快楽を得ようと必死に立ち直ろうとしているわ」
「貴方のセックスは愛じゃない。ただ、自分の理解者を失うのが怖いだけよ」
「他の女性と、恋はできませんの?」

「みよじの病名を教えてやろう!
　アイツは拡張型心筋症を患っている。
　今まで何度も入退院を繰り返してきた。
　今回の件でPTSDも伴い、かなり悪化してると見られる。
　次発作が出たら最期だと思いな!」
　鏡夜はみよじ様にやたらと詳しい。

　アタシは自分の性癖を恥じました。
　アタシは、変態ではなく、ノーマルだということに、先日、パパとのセックスで気付きました。

本当に変態M女でしたら、それにより愛を感じるでしょう？
　アタシは４年間疑問でした。
　鏡夜から、愛を感じることにずっと疑問を抱いておりました。
　ただ、もうキャパシティを越えた……これ以上考えさせないで。

　鏡夜は、３時間で予約していたものの、そそくさと退出。１時間くらいしかいませんでした。
　みよは、全身が、ガタガタと震え、震えが止まらず再度泣き崩れました。
　怖かった。
　目の前に強姦者がいるようだった。

　パパ。
　みよにもっともっと、ノーマルの世界を教えてください。

　あのあと、いろいろ大変でしたの。
　みよがガタガタに震え泣き崩れているところへボーイさんが駆け付け、鏡夜はフロントで止められました。
　そして、お店側はヤクザ屋さんを呼びましたの。
　ちょっと君、うちのナンバーワンを傷つけてさ。ただじゃ済ませないよと。

鏡夜は連れ去られました。

　少しの間、社長とお話しました。
　社長はパパと兄弟分になったそうです。

　パパは一体何者なのですか？　そう強く問いました。
　パパは、うちのグループの枝の人間だ。同胞なんだ。
　パパは、ドイツに住んでいた頃から、マフィアとの繋がりをどこでお持ちになられたの？
　裏の世界でもパパは非常に頭が良く、優秀だったと。
　ここには到底書けない、あらゆる黒いことに手を染められてきた。

　パパを敵に回したら恐ろしいからね。
　そんな社長も恐ろしいわ……。

　でもね、みよは、パパの正体を全て知り尽くしたいとも思いませんの。
　だって、パパはアタシの大好きなアッチンですから。

　みよは本日、ラストまでお仕事しましたらパパにお迎えに来てもらいます。
　では、次のご指名のお客様の元へ、気を取り直して参ります。

8章　静かな幸せ

結婚へのプロセス

　みよは、伝えましたの。
「アタシはこの間パパとの交わりで、ノーマルの世界をもっともっと知りたくなりました」
「美代子、セックスにテクニックや小細工なんかいらないんだ。相手を思いやる、愛する。その気持ちが、自然と形になるのだよ」

　パパはきっと、大人の表現なのでしょう。
　アタシは背伸びして、少しでも追いつきたく感じましたの。

「みよに、いろいろ教えてください。アタシは変態M女としてずっと彼氏に従事して参りました。本当のアタシを知りたい」と、正直に自分の気持ちを打ち明けました。

「美代子はエッチだからな」

　やんっ

パパはその後もスカートに手を入れ、濡れ具合を確かめてる。きっと、触らなくてもわかるのでしょう。
　パパに惚れている気持ちが、身体がそうなっている。
　別に激しいテクニックを用いらなくても……むしろそうでないほうが幸せを感じられる。

　みよの唇に、唇を吸い付ける。
　パパの大きくてふくよかな唇が大好き。

『パパ、こんなに貴方を一人の異性として惚れるなんて、アタシは幸せよ』

「美代子そろそろ帰ろうな」
　これ以上遅くならぬよう、1時くらいまでに帰宅しました。

　あぁ……パパは何て素敵なの。
　とってもエロいけど、それに勝る紳士なお方よ。
　まだまだ身体がドクンドクン言って熱い。

　アッチン、愛してる

　そんな形で深夜にパパと帰宅いたしました。
　みよじ様はスッカリとスヤスヤお休みになられておりま

したわ。
　何か、カワイイ。
　みよは思わず、オデコにキスをしてしまいましたの。

　置き手紙がありました☆
「みよちゃん、今日はハムとずっと遊んでいたんだ。
　ハムはカイワレをムシャムシャ食べるんだ。
　俺になついてくれた。カワイイナァ。
　みよちゃんの帰りをまってます。
　お仕事おつかれさま」

　何て可愛らしい手紙なんですの。
　みよじ様はパンダ柄の可愛らしいパジャマを着て眠られておりました。
　いつも帰りが遅くなってしまってごめんね。
　ありがとう。

　今週、アタシが休みの日、婚姻届けを出そう。
　アタシもいろいろ前に進みたい。
　元カレを忘れて、自分の性癖も見直して……。
　アタシは彼のほっぺと、唇に、お休みのチュッをいたしました。

　愛する夫へ

これからも二人でゆっくり歩んでいこうね。
　何があっても大丈夫だよ。

　今朝はお昼までユックリ眠ってしまいましたの。
「みよちゃん！　見て見て！　雪が降っているよ」
　みよじ様は興奮してアタシを呼び覚ましました。
「ほんと！いつの間に……積もるかしら？」
「きっと積もるね」

　まるでアタシたちの愛のようだわ。
「みよじ様、抱き締めてもらってもいいかしら？」

　みよじ様は子供のような精神状態が続いておられるのか、確かめたい気持ちもございました。
　みよじ様は、みよをそっと抱き締めてくれました。

「また、晴れたら、バイクに乗るから、みよちゃんを今度は後ろに乗せたい。俺は仮面ライダーに憧れているんだ」
　みよの、初恋相手は仮面ライダー様でしたのよ。
　偶然ね。運命かしら？

　本日は、仮面ライダーのビデオ鑑賞をしております★
　そしてしばらくしてから温かい豚汁を作り、お昼と一緒の朝ごはんですわ。

みよじ様は無邪気に戦いごっこをしています。
仮面ライダーになりきっているご様子で素敵です。
アタシの仕事が、もう少し早い時間に上がれたらいいのにね。

本日は16時〜ラストでお仕事ですわ。
みよじ様には、明日、婚姻届を一緒に出しにいこうと約束いたしました。
みよじ様、日に日に、心が快復されているようで何よりですわ。

常連さんの新宿狼さん＆イケ梟さんへ
本日は、みよを心配してくださり、わざわざご来店ありがとうございました！
とっても嬉しかったです。
また、結婚のお祝いの言葉もいただきありがとうございました。
アタシは、このお店でみよじ様と出会いました。
本来、社交がお客様と恋に落ちることはご法度かもしれません。
しかし、寛容な社長やパパの気遣いにより、アタシたちは無事、結婚という１つの節目を迎えることが叶いました。
ありがとうございます！
この業界はいつまで続けるかはわかりません。

しかしながら、この恩は一生大切にし、生涯の宝物といたしますわ。

姫
新宿狼
姫おめでとう！
最高の姫であり、みよじの妻ですね！
幸せになれよ。

美代子ちゃん&みよじ
イケ梟
俺たちキモオタの希望だったみよみよじが、こんな美女とゴールインか！
めでたいぜっ！
おめでとうな！
美代子ちゃんとは引き続きお遊びさせてもらいますよ。

入籍の日

【ご報告】結婚いたしました。
　今朝はお互いソワソワしてしまって早起きして、朝一で婚姻届を出しに行きました。
　良き晴天にも恵まれ、アタシたちは幸せな気分をいっそう噛み締めたものです。

みよじ様はアタシの家に婿入りしました。
　彼はご実家が遠くでして、一人住まいであり、アタシもパパの支えが必須であることからです。
　鈴木三世治
　鈴木美代子
になりました。
　アタシたちは障害を抱えた夫婦です。
　しかし、そのような数々の困難にも負けず、共に支え合い、素敵な人生をゆっくりと築けていけたら、そう強く願っております★

　本日はパパが早く帰ってきてくださいました。
　毎日朝早くから夜遅くまでお疲れさま。
　パパはね、夫の人柄をとっても気に入ってくださってますの。
　きっとパパはみよのこと、よく知ってくださっているから、みよにとっての幸せが何なのか、深く理解されているのでしょうね。
　夫も、パパのことはとても寛容で器の広い尊敬するお方だとおっしゃっています！
　夫とパパが仲睦まじくて嬉しいわ。

　パパは珍しくお酒に酔われている様子。
　いつも強いハズのパパが珍しいな。

きっと、娘の結婚を聞いて、気が緩んだのでしょう。
　安心してくださったパパ、とっても嬉しい。

　パパは酔ったせいか若い頃の話をされました。
　アタシたちは耳を傾け、しっかり聞いておりました。
　パパとママはまだ未婚だったそうね。
　ママは生きる希望を失っていて、行為すら頑なに拒んだそうです。
　パパはママにだけ正体を明かしたと。

　遥華、お前は俺と同じ瞳をしている。
　だからわかるんだ。
　お前のこと、何も言わなくてもいい。

「パパ」
「ありがとう、ごめんね」

　ママはたった一度の行為で妊娠した。
　出会ったその日だったみたいよ。パパは、その時すでに心に決めていたみたい。
　『この女は俺が生涯愛するたった一人の女』だと。

　パパは怖くてならなかった。
　余命３ヶ月と言われていたママ。

亡くなるなんて思いたくなかったし、信じていなかった。
　いや、信じたくなかった。
　パパは生まれて初めて、幸せについて考え始めた。
　虫けら以下の存在だと自負していた自分も、ここでは幸せを噛み締められる。
　同じ瞳をした女性が与えてくれた希望。

　アタシは予定日よりずっと早く、半年で強制的に出産された。
　帝王切開よりもっと酷い方法で。

　ママの息が絶えたあと、パパは苦しんだ。
　お腹の子も一緒に亡くなってしまうのではと。
　生きる希望を失ってはダメだ。
　生まれたアタシは1000グラムに満たない超未熟児だったそうよ。
　パパは必死に蘇生を呼び掛け、奮闘したそうよ。
３歳くらいまで、アタシはずっと病院で過ごした。
　パパはいつも付きっきりのようにアタシを看ていたそう。

　良かった！　生きてくれて良かった！
　病気を持っているなんて関係ないんだ。
　遥華の子として生まれ、そして生きてくれてありがとう。

美代子。

パパは喜びにうち震えた。
しかし常に絶望と隣り合わせだった。

パパはそんな話もリズミカルな口調で話すのよ。
夫もお酒が進んでる。

お父さん、俺、オサムイギャグを言うのが好きでして。
蛙が啼いたら帰ろう。
癒し嫌去れだよ。
ストーカー酢とか？

　……正直アタシにはついていけませんの。
　しかし、パパと夫はオヤジギャグに意気投合されているご様子。
　楽しくって落ち着くな。
　その後、ベロベロに酔っ払ってしまってね。
　しばらくして寝室に行きましたが、今晩はパパもアタシたちと同じベッドで寝てくださいます。
　滅多にないことだから……。
　アタシを真ん中にしてね、三人仲良く川の文字のように、大の字になって。

本当、大好きな夫と、パパと一緒に暮らせて幸せです。
　きっと、三人は相性が抜群にいいんだよね？
　夫は相変わらず、すぐに寝ついちゃう。
　パパは色気を醸し出す。
　みよはまた、ドキドキしてしまう。
　パパの胸元に手を添えました。
　パパの鼓動が聞こえる。

「美代子には、これからいっぱい恩返ししていくからな。俺にずっとついてこいよ」
　パパはそうおっしゃいました。
「うん。パパ、本当にありがとうね」
　アタシはパパにそうお返事いたしまして、安心して眠りにつこうと思います。

幸せなこれから

　本日は、夫と一緒にメンタルクリニックに行きました。
　ここのところ、アタシはメンタルクリニックに行っていませんでした。
　行かなくても落ち着いております。
　前回親身に担当していただいたレイコ先生とも、あれっきりになっていました。
　みよは、てんかんの障害者手帳を持っています。

また、脳の検査もしてもらいました。
やはり、正常値まで快復しているそうですの。

美代子ちゃんのてんかんは、遺伝や生まれつきではない。
極度のストレスや不安からの後天的なものだと。
完治するかどうかはわかりませんが、前よりもだいぶ良くなったみたい。
パパと再会できたり、夫と結婚できたり、そういった転機が奇跡を起こしてくれたのだろうか。
もう、薬の服用も、通院の必要もない。
ただ、リハビリが最大限必要。
理解ある方たちとなるべく一緒にいて、支え合ってくださいって。

夫も、アタシの状態を知りたかったそうで、同席しましたのね。
涙ぐましいです。

「妻は、もう、大丈夫なのですか？」って身を乗り出して真剣に問いかけていました。
こんなに、アタシ思いの優しい旦那様に恵まれ、何て幸せなのでしょう。
みよは、ストレスとうまく付き合えればいずれ、完治もするのだろうか？

まだまだ、先は見えません。
しかし、こんなアタシに手を差し伸べてくださったパパや、夫に感謝いたします。
これからも、ずっと、ずっと……。

　　　　　　　　　　　　　　　　　　　おわり

あとがき

　私が鈴木美代子と出会ったのは、ちょうど去年の9月頃でした。
　友人へ伝言したい話があり、私の友人として作った架空人物でありました。
　しかし、架空人物と言えど、メールやブログ内で友人とやり取りしていくなかで、その人物像がより明確に確立されていくようになりました。
　いつも自分の感情にストレートで、ただ、真実の愛だけを貪欲に求める純粋な女の子。
　私にはそう映っています。
　そして、母である遥華さんは、実際32歳の若さで末期ガンで亡くなられたある女性の思いを、何とか希望に変えたく、親子の愛や絆についても触れさせていただきました。
　なぜ、このような若さでガンを患い、この世を去らなければならなかったのか？
　疑問でなりません。
　文中にも書きましたが、希望を持つことが生きている証なんだというように、人間は生きているからこそ、光もまた平等に照らされるべきではと強く感じます。
　孤独な光に苛まれてしまったかもしれないですが、彼女の思いを叶えてくれた希望こそが託された命である美代子

ではと思いました。

　小さな身体で決して良い状態で生まれたと言えず、仮死状態との闘いで3歳まで病院で過ごした美代子を父はどんな思いで現実を受け止めたでしょう？
　また、快復した娘にも素直に向き合えず、思春期までDVを繰り返していた裏の思いには、壮絶な葛藤が伴っていたに違いありません。
　しかし、親子の絆はどんなに離れていても必ずわかり合える時が来る。そんな希望も託しました。
　本作には私自身も登場いたしますが、美代子を通じて、共に成長したり、彼氏に大切な世界観を伝えたり。
　そんな中で最近はこの話をショートドラマや楽曲製作にも繋げるべく企画もし始めました。

　美代子のような美女に対し、みよじの周りにいる新宿狼、イケ梟など、あえてハンドルネーム化をしてよりオタク感を出しました。
　この話を単なる恋愛小説、官能小説といった見方にとどめず、一人の若い女性の生き方や愛や絆といった人間ドラマとして、心温まる話として受け止めていただけましたら、より私の伝えたかった思いも増し、幸いです。
　ショートドラマや楽曲製作のほうも合わせ、今後ともよろしくお願いいたします。

著者プロフィール

溝口 いくえ (みぞぐち いくえ)

1981年、東京都に生まれる。
自営業。
著書に『まーちゃんが行く！ ～子どもとペットのフォトエッセイ～』
(文芸社、2012年)、『星の意味』(文芸社、2013年) がある。
ブログ「まーちゃんが行く！」を毎日更新中。
http://ameblo.jp/mizoguchimasato/

みよみよのハチャメチャアイドル物語

2014年10月15日　初版第1刷発行

著　者　　溝口 いくえ
発行者　　瓜谷 綱延
発行所　　株式会社文芸社
　　　　　〒160-0022　東京都新宿区新宿1-10-1
　　　　　　　　　　電話　03-5369-3060（編集）
　　　　　　　　　　　　　03-5369-2299（販売）

印刷所　　株式会社エーヴィスシステムズ

©Ikue Mizoguchi 2014 Printed in Japan
乱丁本・落丁本はお手数ですが小社販売部宛にお送りください。
送料小社負担にてお取り替えいたします。
ISBN978-4-286-15502-9